JN093073

わたしはリバタリアン

〜軽やかに生きる〜

藤原 敬
Takashi Fujiwara

風詠社

まえがき

政治哲学的なイデオロギー（思想・主義）で分類するならば、私はリバタリアンである。リバタリアンの主張する主義・思想をリバタリアニズムという。

リバタリアニズムは、日本語では「自由至上主義」「自由放任主義」「完全自由主義」などと訳されることが多い。「新自由主義」も同義で使われることがある。しかしこれらの訳はいずれもしっくりこない。厳密に一致する概念の単語がなく、訳さずにそのままリバタリアニズムと呼ぶのが普通である。

リバタリアニズムは個人の自由を最大限に尊重するという思想であるが、基本的な考え方は次の2点である。一つは、他人に迷惑をかけない限り、他人の権利を侵害しない限りにおいて、人は何をしても自由であること、二つ目は国家などの政治権力による個人の権利の制限は、最小限にしなくてはならないというものである。

リバタリアンが忌避するのは、人に迷惑をかけることであり、人から迷惑を被ることである。そして、自分の行動の自由を制限されること、本来持つべき権利を奪われることを最も恐れる。人に干渉されることを嫌がり、また自分からも人に干渉することは極力避ける。つまり余計なお節介はしない。これは価値観、倫理観は多様であり、人それぞれ異なった判断基準があってよいと考えるからである。

国家による規制やパターナリズム（上から目線の父権主義）には否定的であり、自由な競争を社会の原理とすべきであると考える。福祉制度は必要と考えるが、個人の努力による結果として生じた経済格差は容認する。道徳、倫理、常識を知ることは大切であると考えるが、その実践には慎重である。道徳、倫理に反することであっても、自分の信念の方を重視する。

私がリバタリアン的な考え方を持つようになったのは中年を過ぎた頃であるが、今では自由な充実した人生を送るためには最も適した思想であると考えている。リバタリアンは人の思惑がどうであろうと、人にどう評価されようとあまり気にとめない傾向がある。それは人の思惑や評価を気にするということは、その人にコントロールされているということに他ならず、自分の自由が制限されていることになるからである。これはリバタリアンとしては決して容認できない。

リバタリアニズムは日本ではなじみが薄く、どちらかというと過激な危険思想と思われているふしもある。この風潮はリバタリアニズムが正しく理解されていないことが原因になっているように思う。リバタリアンになる必要はないが、その考え方のエッセンスを少し取り入れるだけで、それまでの悩みや、心配事や、イライラや、憂鬱な気分がすっと晴れて、道が開けることもある。

考え方は人それぞれであり、人間の数だけ異なる主張がある。この本で書いたことの中には、同意していただけることもあれば、反対意見もあるはずである。とても容認できないと思われる話もあるかもしれない。しかしこれらは誰のものでもない、まぎれもない私の考え方である。今回私の考え方を知ってもらい、ひいてはリバタリアニズムを多少なりとも理解していただけたらと思い、このエッセイを書いた。

随所にリバタリアニズムの考え方がちりばめられているが、解説書というわけではないので、まったく関連のない個人的な話も入っている。

内容によって、(1)人生・生活・倫理、(2)健康・医療、(3)趣味・教育・文化、(4)政治・経済・社会の四つのグループにわけたが、(3)趣味・教育・文化にはリバタリアンの話はほとんど出てこない。

気楽な気持ちで読んでいただければ幸いである。

目次

まえがき 3

人生・生活・倫理

軽やかに生きる 10
常識・道徳・倫理 16
差別の心理 22
過剰な責任感 27
人脈 33
失敗論 38
ダブルスタンダードと後出しジャンケン 43
待ち時間 48

健康・医療

身体に良いこと 54
安楽死 62
新・出生前診断 68
医師免許制度と専門医制度 76
日本の医療制度 81
うつ病 88
理想の医師像 96
薬の分類 101

趣味・教育・文化

趣味の意義 106
ノーベル賞と教育制度 112
留学と英会話 118
ファッション 124
仕事と趣味 130
読書の効用 138
日本の漫画文化 144
ユーチューブ 151

政治・経済・社会

福祉制度 158
ベーシックインカム 165
医師の働き方改革 174
晩婚と未婚 181
高齢化問題 189
親の介護 196
年金制度 202
国政選挙 207

あとがき 212

人生・生活・倫理

軽やかに生きる

50歳を過ぎた頃から、「軽やかに生きる」ことを信条としている。この言葉の意味を具体的に説明するとなると難しいのだが、しいていうならば、どんなに困ったことや嫌なことがあっても深刻に受け止めることなく、柔軟な考え方を心がけるといったところだろうか。「しなやかに生きる」といってもよいのだが、この言葉には、苦しいことも受けながすということで、わずかながら辛抱するといったニュアンスがあり、どちらかというと「軽やかに生きる」の方が私の心境にぴったりしている。

「軽やかに生きる」の意味をもう少し理解してもらえるように、反対語を考えてみた。文字通りでいえば「重々しく生きる」ということになるのだろうが、この表現は普通あまり使わない。それでは「真剣に生きる」「真面目に生きる」などはどうであろうか。しかし「軽やかに生きる」とはいい加減な生き方というわけではなく、それなりに真剣だし、真面目でもある。「真剣に生きる」「真面目に生きる」は「軽やかに生きる」の反対語ではない。

いろいろな言葉を思い浮かべてみたが、反対語として一番当たっているのは「信念を貫く」ではないかと思う。だとすると「軽やかに生きる」のは信念がないということになりそうだが、決してそうではない。軽やかに生きる場合にも信念はある。信念を貫かないだけである。信念は持っているが、それを状況に応じて、時の流れに応じて、対人関係に応じて柔軟に変えていくということである。

変わらないからこそ信念であって、そのように次から次へと変わるのは信念ではないといわれそうだが、それはあまりに言葉の定義に固執した考え方である。軽やかに生きる場合はここでも柔軟性を発揮して、刻々と変わる信念もあるとするわけである。信念を変えず、一筋に貫くのは悪いことではないが、これも度を越すと生き方の幅を狭めることになる。自分を追い詰めるだけでなく、周囲の人も巻き込むことにもなりかねない。信念を貫くにしてもほどほどがよい。

ノーベル賞や文化勲章などの賞を取る人や、優れた業績を上げる人は、信念をもって一つのことを続けた結果と思われがちだが、私はそうではないと考えている。何が何でもやり続けて結果を出そうとした結果ではなく、研究をすることや学ぶことが楽しくて仕方がないのだろうと思う。コツコツと研究している人、毎日勉強している人を見ると、「辛いことでも信念をもって続ける努力の人」と思ってしまうが、多分違っている。興味があり、楽しいと思うことを単に続けているだけなのである。本人は努力しているつもりなどまったくないはずである。

これはスポーツや芸術の世界でも同じである。オリンピックでメダルを取るような選手に、自分が努力していると思っている人はあまりいないのではないだろうか。まわりから見ればまさしく努力であるが、本人としてはただ楽しいことを続けているだけかもしれない。長距離走の練習は見ているだけでつらくなるが、本人は楽しんでいるに違いない。

ピアニストを志す人は、子供の頃に1日何時間もピアノを弾くという話を聞く。親から強いられている場合は別にして、ある程度の年齢になってこれを続けている人は、多分楽しんでいると思う。この練習を自分で努力と感じている人は、どこかで辞めているはずである。

軽やかに生きるとは、努力をしないことでもある。というより行動の原動力を努力に求めないということである。以前は私も何らかの業績を達成するためには、ある程度の努力は必要と考えていた。みんなそうしているのだろうと思っていた。自分としてもそれなりに努力はしたつもりであった。

自分が努力していると感じるようではダメだと思いはじめたのが、いつ頃からだったか記憶にないが、はっきり認識したのは10年くらい前だったように思う。その観点で自分自身のことを振り返ってみると、努力していたつもりであったが、意外とそれほどでもなかったと思うようになった。自分はコツコツと努力するタイプと思っていたが、今思えば嫌なことはできるだけ避けていた。楽しいことに流れる傾向があったように思う。それでも20歳代、30歳代の頃は嫌なことでも我慢してすることはあったが、60歳を超える頃からは気分が乗らないことはしないことにした。今でも本は楽しいから読んでいるのであり、声楽は楽しいから練習に励んでいるのである。登山やそのためのトレーニングも、健康のためではなく、楽しいから行っているだけである。登山のトレーニングは、週に3回、20キロのバックパックを背負って、自宅から歩いて20分ほどの場所にある150段の階段を3往復している。時間が遅くなっても、雨が降っても、暑くても寒くても、台風と雷雨のとき以外は休まず続けている。これも努力ではない。どちらかというと楽しみにしている。

唯一の例外は医師の仕事である。これはまだ借金が残っているので、もうしばらく続けなくてはならない。仕事が嫌なわけではないが、借金に縛られているというのが気に入らない。もちろん借金が返済できたからといって、すぐに医師の仕事をやめるわけではない。しかしながら、同じ働くにしても、借金に縛られて仕方なく働くのと、医師の仕事を続けたくて働くのではかなり気分が違う。あと数年で返済が完了するが、その後も当分の間仕事は続けると思う。ただ、そのときはきっと軽やかな気分で働けると、今から楽しみにしている。

「軽やかに生きる」の反対語をもう一つあげるとすれば「責任を果たす」であろうか。責任感は軽やかに生きるための大敵である。責任感はなくてはならないが、過度になると自由が制限される。負わされた責任は、何がなんでもというわけではないが、果たした方が好ましいので、できるだけ責任を負う立場に追い込まれないよう注意しなければならない。若い頃はある程度責任のある立場でないと仕事に充実感がなくなる場合があるが、年齢を重ねると鬱陶しいと感じることが増えてくる。私も責任のかかる役割はできるだけ引き受けないことにしている。しかし、まったく引き受けないのも世捨て人のようになってしまうので、万一責任を果たせなくてもあまり他人の迷惑にならないことに限定している。

軽やかに生きるためには、一つのことにとらわれないことも大切である。人生の目標を一つに絞ってしまうと、どうしても生き方が重くなる。その目標で挫折したとき、逃げ道がなくなってしまうからである。目標は複数あるのがよい。ある目標に向かう過程がうまくいかなくなったとき、もしくは続ける意欲がなくなったとき、その目標は一旦保留することができるからである。その間は、別の目標に力をそそげばよい。その目標にもつまずいたら、さらに別の目標を引っ張り出す。このようにして次々と目標を乗り換える。そのうち最初に保留しておいた目標が復活する。私の場合はいくつかの目標を同時進行で追い続けている。

大事なのは、もしやりたくなければ無理をしないことである。何もしたくなければ一日中ぼんやりしておけばよい。うつ病でない限りは、何もしたくない期間がそれほど長期に続くことはない。大抵の場合、何かやりたいことは出てくるものである。その時点で心が引かれる対象の上を、次から次へと、風に乗った翼のように漂ってゆけばよい。

以上述べたことはすべて自分の心構えであるが、実は「軽やかに生きる」ための最も重要な条件は、社会がそれを許容する制度になっていることである。個人の権利を最大限に認める制度であることが必要であるが、幸にも日本はほぼこの条件を満たしている。あとは世間の風潮、倫理観や道徳観が、様々な価値観に柔軟に対応できるだけ個人主義が浸透していることも要件である。この点に関しても、現在の日本は十分に成熟した社会といえると思う。現代の日本に生きていることを幸せに感じている。

常識・道徳・倫理

社会生活において守るべきルールは数多いが、大きく分類すると（1）法律、（2）倫理、道徳、（3）常識になる。ルールの中には複数の分類に属するものもある。例えば「人のものを取ってはいけない」というルールは法律でもあり、倫理、道徳でもあり、常識でもある。一方「お祝いをもらったらお返しをしなければならない」というルールは、常識ではあるが、法律でも倫理、道徳でもない。「不倫をしてはならない」といった場合、倫理、道徳を根拠としているが違法ではない。常識かどうかは微妙である。不倫は文化であると言った芸能人もいる。商取引の法律、例えばインサイダー取り引きは違法であり、倫理的にも許されないといわれるが、一般的な常識とはいえない。なぜ良くないか説明されないとわからないからである。

法律の中で刑法は、他人や組織に迷惑となる行為、権利を侵害する行為をした場合に、罰則を与えるという形で作られている。民法は義務を求める形となっている。「～しなければならない」「～してはならない」という表現が多い。違反したと判断された場合、相手に賠償しなければならないことがある。倫理、道徳、常識は守らなくても司法による罰則や、相手に対する賠償義務はないので、この点が法律との大きな違いである。

ただし倫理、道徳は守らないと非難され、場合によっては社会的な立場が悪くなり、地位を失うこともある。つまり司法でなく社会的に制裁を受けることになる。常識は守らなくても制裁を受けることはないが、非常識ということで馬鹿にされる恐れがある。たまにであれば問題ないが、非常識も度が過ぎると人は離れ、組織の中で孤立することになる。

しかしながら、昔と違って最近の社会構造では、孤立してもすぐに生活が不自由になることはない。さらに常識は相対的なものなので、同じ言動でも、ある組織では非常識とされていることが別の組織ではそうでもない場合もある。普通、人は同時にいくつかの組織に所属しており、一つの組織で孤立しても別の組織では通常の人間関係を継続できることも多い。

常識だけでなく、倫理、道徳についても組織による違いがある。また個人と組織全体としての認識には多少のずれがあるのが普通である。基本的には自分の感性にしたがって行動すればよいのだが、人間関係を維持するためにはある程度の妥協は必要である。所属する全ての組織で良好な関係性を保つためには、その組織の常識や倫理、道徳にあわせて少しずつ自分の言動を変えなければならないことが多い。それがストレスにならない程度ならば問題ないのだが、苦痛になるようであれば対策が必要となる。

一つは自分の考え方、やり方を貫いて、それでもうまくいかない場合はその組織を離れることである。離れないまでも、組織のメンバーと距離を置くのもよいかもしれない。もう一つは、自分を抑えて組織の考え方に合わせるという選択である。どちらを選ぶかは自分と組織の力関係による。所属する組織が、自分にとって社会生活上必須である、もしくはその組織を離れることが現実的にはほとんど不可能な場合は、自分を抑えるしかない。

簡単に離れることができない組織の典型例は国家である。国籍を変えることは不可能ではないが、現実的には相当に難しい。日本は不満な点もあるかもしれないが、世界的な標準でみるならば、住みやすさは相当なレベルに達しており、あえて変えようと考える人は少ないように思う。多少気に入らなくても、反対意見を述べるくらいにしてどこかで妥協するのが現実的であろう。

職場も変えることは簡単ではない。特に未成年の子供がいて住宅ローンなどの負債がある場合、収入減は切実な問題となり、身動きが取れなくなることもある。しかし変わろうと決心すれば不可能ではなく、転職がベストの選択になることもある。実際に転職する人も少なくない。

親族、親戚との関係はどうにもならないと思っている人も多いが、たとえ近い親戚であっても気が向かなければ関わらなくてもよい。先入観で最初から無理と思っていることで、意外とさほどでもないことは多い。例えば親子関係であっても、価値観や考え方が合わなければしいて付き合う必要はない。最低限にしておけばよい。親子の関係は切れないなどと思い込む必要はない。

このように、自分の所属する組織のルールと、どのように折り合いをつけるかはじっくり考えないといけないが、実はもっと根源的な問題がある。それは常識、倫理観、道徳観で自らの行動を過度に縛っていることである。つまり、こんなことをして非常識な人間と思われはしないだろうか、倫理観のない人間だと思われはしないだろうかという不安が行動の動機、理由になっている場合である。これは一見自分の意思で行動しているように思えるが、実は他人の目、他人の思惑に操られていることに他ならない。

常識、倫理、道徳は民法と同じように、「～してはならない」もしくは「～しなければならない」という形で示される。例えば「不倫してはならない」「親の介護は子供がしなければならない」などである。「～すべきでない」「～すべきである」という表現もよく使われる。

「～しなければならない」「～すべきである」の呪縛から逃れることができれば、生き方がずっと楽になる。常識だから、倫理や道徳に反するからという理由だけですぐに従うのではなく、一度立ち止まって冷静に考えてみると新たな視点も生まれてくる。

他人に迷惑をかけないことと、他人の権利を侵害しないことを守る限りにおいて、人は基本的に何をしても自由である。常識だから、倫理、道徳に反するからという理由だけで判断するのではなく、本当のところ自分は何をどのようにしたいのかという願望の視点を入れると世界が広がる。同じことであっても、義務感、つまり他からの圧力で行うのと、自分の欲求に従って行うのではかなり意味合いが違ってくる。対人関係においても、どのように付き合うべきかではなく、どのような人間関係を築きたいのかを行動原理にすべきであろう。

以上のように常識、倫理、道徳は必ずしも守る必要はないが、自分の属する組織において、何が常識なのか知っておく必要はある。どのような倫理観、道徳観が一般的なのかをわきまえておくことは大切である。知った上で従わないのと、無知で行わないのは天地の差である。知った上で従わないのは、自分なりの考え、信念があるわけであるから、それを指摘されても堂々と持論を述べることができる。知らなければ恥をかくだけであるが、周囲から軽く見られるのも少し不愉快である。

信念があって堂々と行動すれば、反常識的、反倫理的、反道徳的でも意外と周囲から許容される。さらに一歩進んで、許容されようとも思わなければ、もっと精神的な自由を手に入れることができる。

常識、倫理、道徳は知っておく必要はあるが、絶対的に守らなければならないわけではない、ということである。

差別の心理

アメリカンフットボールNFLの名門ワシントン・レッドスキンズが、2020年のシーズンからチーム名を変えた。これは「レッドスキン」がアメリカ原住民を蔑視した呼び方であり、差別的な名称だと批判されたためである。以前から先住民を侮辱する名前であることを指摘されていたらしい。87年間続いて親しまれている名前を今更変えるのも、日本人の感覚としてはよくわからない面もあるが、アメリカ社会がそれだけ差別ということに対し敏感になってきているということであろうか。

2020年5月に、ミネソタ州で警察官4人による逮捕時の暴行により、被疑者の黒人男性が死亡した事件で、背後にある黒人差別が問題視され、全米を巻き込んだデモ騒ぎに発展したことも影響したのかもしれない。

アメリカ合衆国の黒人差別問題は今に知られたことではないが、黒人だけではなくその他の民族に対する差別も根強い。アジア系、ヒスパニック系、アラブ系、アメリカ先住民など、白人以外のあらゆる人種に対する差別があった。もちろん差別する人間はごく一部であるし、最近はさすがにあからさまに態度に出すことは少ないが、差別意識はぬぐえないようである。

これは多民族国家の宿命ともいえるもので、差別をなくするために多大な努力とエネルギーが必要である。教育や議論による啓発、社会制度の改革、法律改正など多くの社会資源を費やし、細心の注意をはらって差別意識を克服しなくてはならない。我々にしてみれば過剰なまでの気の使いようである。ワシントン・レッドスキンズのチーム名変更もその現れということであろう。私はニューイングランド・ペイトリオッツ（ボストン）ファンなので、レッドスキンズの名前が変わっても差し支えはないが、長年のファンにとっては寂しい気持ちも湧くのではないかと心配している。

差別は多民族国家だけではなく、日本のような単民族国家でも存在する。というより全世界、差別のない地域、国家はないといっても過言ではないであろう。日本においては在日コリアンとアイヌ民族に対する差別があったが、これらの民族差別は現在では次第に少なくはなってきた。そもそも日本と朝鮮は同じ民族であり、外見もまったく変わるところはない。長い間の文化の差によって考え方が違ってきただけである。アイヌ民族とも交流が進み、近年アイヌ民族を意識する人は稀である。

日本で現在も根強く残っているのは、被差別部落に対する差別である。いわゆる同和問題である。小学校の頃は確かに被差別部落の存在を身近に感じたことを記憶している。中学校のときに観た被差別部落が主題の映画『橋のない川』は断片的にではあるが強く印象に残っている。あれから50年たった今、同和問題は遠い過去の話だと勝手に思い込んでいたが、数年前に差別を目の当たりにして驚いたことがある。

それはある女性の結婚にまつわる話である。結婚相手の男性本人にはまったく問題なかったが、親が被差別部落出身ということで、女性の親族が問答無用で猛反対した。その女性も親の反対を押し切ってまで結婚する勇気はなかったようで結局破談となった。よくありそうな話である。

人はなぜ差別をするのか。差別するときにどのような心理が働くのであろうか。二つの心理状態で説明できるように思う。一つは自分とくらべて異質のものに対する恐怖感や嫌悪感からの差別、二つ目は自分が誰かより優っていることを実感したいための差別である。この二番目はいじめの心理ともつながっている。

異質性で最も顕著なのは外見である。次に習慣や考え方の違い、宗教の違いである。アメリカ合衆国の黒人差別は外見の違いによるところが大きいのだと思う。ただし外見の違いに異質なものを感じていても、それを態度にあらわす人は少ない。差別意識をあらわにする人は、上記二つ目の自分の優越性を自覚したいという心理が加わる場合である。これは自分の能力に自信のない人である。つまり白人であるという事実以外に自分を主張する特質を持たず、何の能力もない人が差別行動をとることが多い。白人の方が黒人より優越していると、何の根拠もなく勘違いしている人ということである。

外見は変わらなくとも、民族、文化や考え方の違いによる差別もある。日本における在日コリアンに対する差別である。これはアメリカにおける黒人差別と同じような心理によるものと考えられるが、外見が似ているぶん目立った差別は少ない。

被差別部落に対する差別はどうであろうか。外見はまったく同じであるし、生活習慣、考え方も違うとは思えない。違うとすれば過去の職業であるが、現在は別の職業についているし、そもそも職業が差別の理由にはならない。差別の理由が見えてこない。ただ一つ言えるのは、被差別部落に対する差別の多くは結婚に際して表面化していることである。結婚によって差別される側になってしまう不安感があるのかもしれない。

以上のような差別感情を生じるのは情動に起源がある。そのためこの感情は、心の中に自然に湧いてくる。これは脳に備わった、異質なものを排除しようとするメカニズムによるものである。差別感情が湧いたからといって、その人が差別的な人間であるということにはならない。理性によって感情を抑えることができればそれでよい。差別する人間とはその感情を行動に移す人間のことである。

差別感情を抱いても何ら恥じることはない。その感情を表に出さなければ、その感情がないのと同じである。逆もまた然りである。つまり差別感情がなくても、周囲に同調して差別行動を起こす人を差別する人間と呼ぶのである。

「狂人の真似とて大路を走らばすなわち狂人なり。悪人の真似とて人を殺さば悪人なり」（『徒然草』第八十五段より）である。

過剰な責任感

社会の中で信頼を得るために、責任感は極めて重要な資質である。責任感のない人間は、人間関係の中で孤立する可能性が高くなる。集団や企業も同じで、その構成員に責任感のある人が少ないと組織としての信頼度が低くなる。

責任感とは、本来なすべきことを最後まで着実に行うことに価値を認める感性である。責任感の欠如している人も時々いるが、大多数の人は自分に課せられた責任はなんとか果たそうと努力する。これは人間が社会的動物であるためで、自分の属する集団や組織の中で高い評価を受けることに喜びを感じるように脳がプログラムされていることによる。特に個体としての欲求が充足されている場合には、次は社会における評価を求めるので、責任感、正義感や倫理観といった人間関係の中ではじめて価値を持つ要素に意識が向く。

逆に個体としての基本的な欲求が充足されない場合、例えば経済的に困窮して日々の生活にも困っている場合などは、責任感の優先順位は下がる。責任感などといっている場合ではないわけである。ただし、優先順位は下がっても、ある程度責任は果たさないと社会の中で立場がますます悪くなるので、最低限の責任感はなんとか維持しておこうとする。

このとき責任を果たすのは自分であって、他人に強要するものではないことは意識しておく必要がある。責任感がないと感じた人を、注意することやアドバイスすることには慎重であるべきと思う。その内容が自分では正しいと思っても必ずしも真とは限らないし、何といっても上から目線であることは否めないからである。責任感がないと感じた人とは何も言わずに付き合わないようにすればよいだけで、注意やアドバイスは余計なお世話である。どうしても付き合わなければならない場合も最低限にした方がよい。

さて以上のことを前提とした上で、今回述べたいのは過剰な責任感の弊害についてである。

過剰な責任感が問題となるのは、自分の果たすべき責任でないことを自分の責任だと誤って認識している場合と、自分の責任の範囲を超えた分まで余分に責任を果たそうとする場合である。特に能力やキャパシティを超えたことまで抱え込むと深刻となる。

オーストリアの精神科医・心理学者であるアルフレッド・アドラーは、その著書の中で「課題の分離」ということを述べている。課題とは、人のなすべきこと、解決すべきことで、アドラーは自分の課題と、自分以外の他人の課題を取り違えないように、きちんと分けて認識することの重要性を訴えている。これが課題の分離の意味である。課題の分離が十分にできないと誰のためにもならないと言っている。

私はアドラーのいう課題は、責任と言い換えてもよいと解釈している。自分の責任でないことまで背負い込んでしまうのは、自分のためにならないことはもちろんだが、他の誰のためにもならないと考えている。誰が考えても責任の所在が明らかな場合は問題にならないが、一見自分の責任のように思えることで、実はそうでないことも多いので注意しなければならない。それに気づかず、余分な負担を背負うのは決して好ましいことではない。

例えば親の介護である。親の介護は子供の責任というわけではない。自力で生活できなくなった親を放置してはいけないが、直接介護する責任があるわけではない。もちろん直接介護して悪いわけではないが、自分の生活を犠牲にしてまでの介護は避けた方がよい。介護しないからといって罪悪感を持つ必要はない。しかるべき施設に入居できるように手配してあげればよい。

どうしても直接介護をしなければならない場合もあるが、そのときでも自分や自分の家族におよぶ影響ができるだけ少なくなるよう工夫しなければならない。仕事をやめて介護することや、配偶者に介護を押し付けるのはよくないと思う。親の介護に関して過剰な責任感を持つと、自分自身や家族の生活が破綻することもあるので注意しなければならない。

親は子供が成人するまで育てる責任はあるが、先天的な障害や病気で自立できない場合を除いて、成人した後には監督責任はなくなる。万一子供が罪を犯しても、それは子供の責任であって親に責任はない。法的に親の責任を問えないのはもちろん、同義的にも責任を感じる必要はない。育て方が悪かったのだから親にも責任があるという人がありそうだが、それはあまりに短絡的な見方である。悪く育てようなどと思う人はなく、よい人間に育てようと頑張ったが、結果が違っていただけの話である。どのように育ててもダメなものはダメである。仮に親の育て方が原因であったとしても、うまく育てることができなかった親の能力の問題であって、道徳や倫理の問題ではない。能力のないことを責めても仕方ない。

学校の先生の仕事は生徒に勉強を教えることであって、それ以外の多くのことは先生のなすべき責任ではない。それ以外のこととは、例えばしつけ、悩み事の相談、生活習慣の指導、健康管理などだが、これらは本来親のなすべきことであって、先生が関与することではない。勉強を教えるのは先生の義務だが、勉強をしない生徒になんとか勉強するように働きかけることは、先生の義務でも責任でもない。もちろん義務でないからといって、してはならないというわけではないが、しないからといって責任を負わされるいわれはない。しいていえば親の役割とも考えられるが、親の責任でもない。先に挙げたアドラー風に言えば、勉強するかどうかは子供の課題であって、親の課題ではなく、ましてや先生の課題でもない。学校の先生の課題は良質な知識を与えることである。

もちろん生徒の安全管理に関してはある程度の責任はあるが、これも大人として子供の安全を守る常識的な範囲での管理責任があるだけで、先生だからといって過剰な責任を負う必要はない。生徒間でいじめがあった場合、それを先生が把握してコントロールすることなどできるはずがない。

次は説明責任である。説明責任とは、自分の行動、行為について、その妥当性や理由を他人が納得できるように説明する責任という意味のようである。政治家や有名な芸能人には説明責任があるらしい。マスコミやテレビのコメンテーターがよく使う言葉である。しかし私の見解では、何人たりとも自分の行動を説明する義務や責任はない。もちろん説明したければ説明すればよい。誰も止めない。ただし責任感や義務感で説明する必要はない。

政治家が、立案した政策や行った政治活動について、有権者に説明する責任があるというのは妥当な考え方であるが、プライベートなことまで説明責任を求めるのは行き過ぎである。たとえ違法なことであっても、政治に関連のないことであれば説明する責任はない。

政治家や芸能人が不倫しようが、不道徳なことをしようが勝手であって、関係のない他人に説明する責任があるはずはない。評判が悪くなって次の選挙で落選の恐れがあると思うなら、芸能活動に支障が出ると考えるなら釈明のための会見で説明するのは自由だが、説明しないからといって非難されるいわれはない。

説明を強要されるだけならまだよいが、それによって政治家が辞職に追い込まれることや、芸能人が活動の自粛を余儀なくされることは合理的な考え方とはいえない。政治家に必要なのは政治の手腕であり、芸能人に必要なのは演技力や、聴衆を楽しませる才能である。道徳的、倫理的に高潔であるかどうかはまったく関連のないことである。

あまりに過剰な責任を感じることや、他人の責任を追及することは、個人にとっても、集団にとっても損失になる可能性が高い。わけのわからない難癖をつけて説明責任を求める風潮は、決して好ましいことではないように思う。

人脈

人脈は何かに付けて役立つ。人間の社会活動で何かを実現しようと思ったとき、人脈ひとつで思いのほか容易に達成できることもある。時に鬱陶しいこともあるが、人脈があってよかったと思うことの方が多いと思う。

人脈とは社会の中での人と人とのつながりのことであるが、単なる知人とは違う。人脈という言葉には、社会活動をする上で何らかの役に立つというニュアンスが含まれている。役には立つが損得勘定だけの付き合いでないことも条件である。損得勘定のない付き合いといえば友人ということになるが、必ずしも親しい友人でないと人脈にならないわけではない。ただしそれほど親しくはなくても、街であったときや何かの会合で出会ったときは、挨拶を交わす程度の親密さは必要である。

社会の中で何かを企画したとき、その活動を援助してくれる人的、経済的な支援、協力が必要となることは多い。お願いするために訪問することになるが、そのときに役立つのが人脈である。もちろん協力を得ることができるかどうかは企画の内容によって決まるが、人脈はその最初の入り口になる。

見ず知らずの人が面会を希望しても、面会理由がわからない場合は会わないのが普通である。理由がわかっても無条件で簡単に会うことはない。特に社会的地位が高く、有力な人脈になりそうな人ほど、よほどのことがない限り会ってもらえないであろう。門前払いである。何らかの人脈があれば、少なくとも門前払いされる心配はなくなる。

人脈はこのような実質的な利得だけでなく、楽しく有用な時間を共有できるなど、人生を豊かにするためにも役に立つ。ただここまでになると、人脈というより友人といった方が近いかもしれない。人脈という言葉にはややドライなイメージがある。たしかにあまりに親しい友人には利害の絡むことは頼みにくい。

さてそれでは人脈を広げるためにはどうすればよいのだろうか。当たり前であるが、人脈は必要となったときでは遅く、あらかじめ作っておかねばならない。ふだんから人脈を広げようとする心がけが大切である。

基本的には会話する機会を増やすことに尽きるが、私がよいと思っている具体的な心がけとしては、まず人の集まりには積極的に顔を出すことである。もちろん気の進まないときや、嫌な会に無理やり出る必要はないが、迷ったときは出席してみればよい。結果的には時間の無駄であることや、嫌な目にあうこともあるが、ある程度のリスクは許容しなければ成果は期待できない。

私の場合は何かの集まりに出席したときは、初対面の人ともできるだけ積極的に話をするように心がけている。席が決まっていない場合は、知り合いでいつでも話ができる人ではなく、初めて出会う人と同席するようにしている。フォーマルな会では既に席が決まっていることもある。旧知の間柄で、久しぶりに話をするのも悪くはないが、初対面の人の方が楽しみである。期待外れになることもあるが、有益な時間を過ごせることも多い。

話をはじめるきっかけはいろいろあると思うが、私はまず名刺を渡すことにしている。相手も名刺を持参していれば必ずいただける。そうすれば職業はわかるので、会話のきっかけになる。出席した会が何らかの目的での集まりなら、もちろんその目的に関することが話題になるだろう。出身地や趣味についての質問もよいかもしれない。外国では政治と宗教の話はしない方がよいといわれている。政治の話は雑談ではなく議論になってしまうので、避けるのがよいと思うが、日本では宗教の話は差し支えないように思う。

話す内容は自分にとっても相手にとっても興味が湧くことで、有益なことが好ましいが、あまりこだわりすぎると言葉が出なくなるので気楽な話でよいと思う。相手の人に熱心に取り組んでいる趣味などがあるようなら、それを質問すれば話が弾む。そのためには、ふだんからいろいろなことに興味を持って知識を蓄えておくことが大切である。

このような機会が1回だけでは記憶に残らず、人脈とはならない。3回程度名刺を交換して楽しい時間を共有できればかなり記憶に残る。ここまでくれば友人ではなくても、人脈といえる程度の関係となる。

このようにしてできた人脈は、利用しなければ損と考える必要はないが、機会があれば遠慮なく頼ればよい。ただし依頼を断られても根に持ってはならない。人それぞれ事情がある。自分が相手にとって重要だと過信すると、断られたときの落胆が大きい。自分という存在は他人にとっては何の価値もないくらいに思っておいた方がよい。自分が人脈だと思っていても、相手はそれほど思っていないかもしれない。当てにしすぎると落胆も大きい。ダメ元と認識しておけば落胆もない。

逆に頼ってこられたときは、可能な限り快く引き受けることが肝要である。もちろん嫌ならやんわりと断ることは差し支えない。引き受けてもただちに見返りは期待すべきではない。とりあえず一方通行でよい。一対一の関係では一方的であっても、いずれ巡り巡って自分にも返ってくる。自分にとって具体的にわかるメリットはなくても、広い目で見ればバランスは取れるものである。

社会的動物である人間にとって、人間関係は極めて重要な問題である。人脈は人間関係の一つの捉え方であり、煩わしさがあることは否めないが、使い方によっては人生における様々な状況で役立つことは間違いない。積極的な人脈作りを常に頭の片隅に置いておくことは大切なことと思う。

失敗論

　医学部の学生のとき、いくつかのグループに分かれて受ける講義があり、終わるたびに試験があった。合格点が取れなかった場合、一度だけ再試験のチャンスがあたえられた。そのときは別のグループと一緒に試験を受けることになる。試験当日教室に集まるが、直前に記憶があやふやで確認したいことがあったときや疑問点があったときは、その再試験を受けにきた級友に聞く人が多かった。試験に落ちたということはできが悪いわけであるから、そのような人間に教えてもらうのはどうなのかと思われるかもしれない。しかし再試を受ける人は、試験に落ちたことに懲りて、しっかり勉強してきたはずだと我々は考えたわけである。何度も失敗しようとは思わないだろうと判断したということである。元々能力のない人間であれば別であるが、それなりの能力があるのにたまたま失敗した場合は、失敗がパフォーマンスの向上に資すると考えることができる。

　これは医療についても同様で、経験を積むということは、小さなミスをいろいろ経験するということでもある。どんなときに間違うかを知らないとトラブルを予測できないし、トラブルが起こったときに適切な対処が難しい。失敗を何度も経験して実力をつけてゆく。

大切なのは同じ失敗は二度と繰り返さないことである。

小さなミスの多くは患者さんにとってはほとんど影響はない。これが同時にいくつも重なるとトラブルになる。場合によっては重大な事故につながることがある。ミスが重ならないように複数の目でチェックするし、経験の豊富なベテラン医師の指導のもとに医療行為をする。それでもどんなに注意してもミスをゼロにすることはできない。

これは他の分野でも同じである。航空機も時々ニアミスがある。ほとんどは事故にはならないが、偶然の不運がいくつも重なると大事故になる。あってはならないことだといっても詮無いことで、事故は一定の割合で起こる。パイロットの場合は失敗すると飛行機が墜落してしまうので、失敗はシミュレーション機器で経験する。

自動車の運転も同様で、細かいミスを経験することによって危ない状況を予測できるようになる。私も運転免許証を取得して運転しはじめの頃は何回かひやりとすることがあったが、その積み重ねで次第に危ない場面を経験することはなくなってきた。幸いにも大きな事故を起こしたことはないが、単に運がよかっただけである。

スポーツや芸術の分野、囲碁や将棋でも、技術の向上は失敗を繰り返すことによって達成される。幸いにもこれらの分野では、失敗が何度重なっても当の個人にも社会にも影響は少ない。というより練習段階では失敗は大前提である。実戦、舞台での失敗は困るが、アマチュアであれば別に何ということもない。少し恥をかく程度である。プロの場合は収入減につながるので切実な問題となる場合もある。そうならないための練習での失敗である。失敗しても命に関わるわけではない。サッカーワールドカップで、コロンビアの選手がオウンゴールしたために負けてしまい、帰国後それを不満に思った人に射殺された衝撃的な事件があった。こうなると失敗も命に関わるが、あくまで例外である。通常失敗は許容される。

科学研究の分野では失敗は日常である。科学研究は試行錯誤の積み重ねであり、試行錯誤である限り失敗は不可避である。失敗は当然で許容されるというよりも、失敗なくして成果はないといった方がよい。一度も失敗していない実験結果など誰も信用しないだろう。問題は失敗が重大な結果をもたらす場合である。失敗はもちろん好ましいことではない。しかしながら最初に述べたように、失敗をなくすことはできない。ある程度の失敗は許容しなければならないことも事実である。

個人として、社会としてどの程度まで失敗を許容できるかが問われる。どうも日本は世界的にみて、失敗に対する許容度が低い印象がある。結果のみで判断し、その過程は考慮しない傾向があるように思う。結果が悪ければすべてだめということである。損害を受けた人に失敗を許容しなさいといっても無理な話であるが、社会全体としてはある程度許容しないと社会が成り立たない。

例えば福島第一原子力発電所の事故後、一斉に全国の原子力発電所を停止した判断には大いに問題があったと思う。確かに東京電力は地震、津波への対応に重大な失敗をしたが、原子力発電所の危険性が突然上昇したわけではない。原子力発電所の危険性は以前からわかっていたことであり、大きな津波がくればどのような事態となるかは想定されていたはずである。想定外のはずはない。

事故の起こる可能性は常にあったわけで、実際世界的にみると過去にいくつかの事故が報告されている。問題は事故の可能性を明示しなかったことである。事故が起こる前提でその対策を詳細に決めて、公開しておくべきであった。原子力発電に事故は起こらないなどと、その危険性を隠蔽したことに問題がある。世間も危険があることを薄々承知していながら、気づかないふりをして電力利用という恩恵を享受していた。一度失敗があったからといって手のひらを返したように原発を拒否するのも、しっかりした自分の考えを持っていないことを露呈したのと同じことである。

事故の前から一貫して反対していたのなら、原子力発電のメリットよりデメリットの方が大きいと論理的に考えていたわけであるから話はわかる。何の考えもなく結果だけで判断して、あたかも持論のごとく声高に主張する人に、とても知性を感じることはできない。今後原子力発電をなくす方向でエネルギー政策をたてるのか、はたまた推進して主要なエネルギー源と位置付けるのか大いに議論が必要であるが、一度大事故が起こったことをその根拠にすべきではないと思う。

失敗はその経験を役立てるものである。役立てなければ失敗が単なる失敗でしかなくなる。結果だけで意見を主張しているケースは、特に論理的な根拠はなく、感情によって判断していることが多い。失敗したという結果だけから判断して思考停止に陥ることなく、冷静でかつ合理的な思考を忘れないようにすることが大切と思う。

ダブルスタンダードと後出しジャンケン

人間の主張、意見や行動は多様であり、人それぞれである。何が正しい意見や行動なのか簡単に決めることはできない。真っ向から対立する主張があった場合、どちらが正しいかは、未来のある時点ではっきりと結論の出る科学的事実などのケース以外、永遠に論争が続くことになる。たとえば価値観の問題などがこれにあたる。その中で、多くの人が共通して正しくないと考える概念もある。その一つがダブルスタンダードである。さらにもう一つ、後出しジャンケンも大抵の人が不正であると考える。

ダブルスタンダードは、日本語では「二重規範」もしくは「二重基準」といわれる。典型的な例は、自分が失敗したときは許容するが、同じ失敗を他人がすると許されない行為として非難することである。例えば友人が約束に遅れてきたときは文句を言うが、自分が遅れたときは、ちょっとくらいよいだろうと言い訳をすることがこれにあたる。また、入学試験において、男子学生と女子学生の合格基準を変えることもその例である。これは某医学部の入学試験で実際にあり話題となった。その後、文部科学省から二重基準にしないように指導があって、判定基準を見直したと報道されていた。

その他、臓器移植に反対して臓器提供の意思表示をしていない人が、自分や子供に移植が必要になったら治療を受けることを選択することもこれにあたる。自分は臓器を提供するのは嫌だが、他人は臓器を提供すべきという考え方である。自分たちは牛の肉を食べているのに、鯨を捕獲して食べるのはけしからぬというのも立派なダブルスタンダードである。

ダブルスタンダードがすべて悪いわけではない。例えば大人は酒を飲んでもよいが、子供は飲酒禁止という規則はダブルスタンダードであるが、これは多くの人が納得するケースである。自国民と外国人の待遇や権利を別の基準で決めることも、どこの国でも行っている普通のやり方であり、不正とまでは考えないであろう。ただこれらのケースは基準を当てはめる対象が異なるので、厳密な意味でのダブルスタンダードとはいえないかもしれない。

親しい知人に便宜を図るのは、知らない他人と比較して別の基準で優遇することになるのでダブルスタンダードである。これを公的な立場にある人間が行っては問題となるが、私的な立場であれば社会通念上は普通の行為と考えられるだろう。

誰が考えても不正と判断するダブルスタンダードは、最初に述べたように、同じことをしても他人が行ったときは非難するが、自分の行動は正当化する場合である。このような行動は多くの人の反発を招く。

他人の行動を非難するのはその人の勝手であって、それだけであれば何の問題もない。非難した人から嫌がられるだけである。自分の行為を正当化することも不正な行為ではない。誰しも自分が一番正しいと考える傾向は避けられない。それぞれ単独であれば問題ないのだが、同じ行為に関してこの二つ、つまり「自分はよいが他人はダメ」をやってしまうと不正な行為として非難の対象となるわけである。

これがよくないことは誰しも理解してはいるので、意識的にダブルスタンダードとなる行為をする人はあまりいない。多くの場合無意識のうちに行ってしまう。どうしても自分には甘く、他人には厳しくなってしまうからである。それを避けるためには、常に意識してダブルスタンダードになっていないかどうかチェックする習慣をつけておく必要がある。

自分だけでなく、身内の対応にも注意が必要である。自分の子供ならよいが、他人の子供はダメといったことにならないようにしなければならない。ただし自分や身内に有利になるように行動することは人情である。限度を超すとよくないということであり、要は程度の問題ということになるのだろうと思う。

次は後出しジャンケンである。これは説明するまでもないが、ジャンケンは後で出せば必ず勝つということで、結果が出た後で論評すれば間違いがないことを比喩的に表現したものである。どちらかというと、少し狡猾なやり方ということで否定的に使われることが多い。

後出しジャンケン手法は、評論家やワイドショーのコメンテーターの使う手段である。とはいっても、コメンテーターは何か事件があったときに、それについてコメントを求められるので仕方がないともいえる。

これに対し、政治家はジャンケンでいえば先に出す側となる。前例のないことを決めなければならないケースもしばしばあるはずで、結果が伴わなければ後出しジャンケンで批判されることは目に見えている。うまくいって当たり前、できなければ責任を取らなければならない。政治家というのはその覚悟がなければできない仕事ともいえる。

後出しジャンケンの例を一つ挙げてみよう。災害で被害を受けたとき、想定外だったと言われることがある。後出しジャンケンの得意な人は、想定外では済まされないと批判する。しかし全てが想定できるわけではないし、想定できたとしても確率が低く、その対策にかかるコストパフォーマンスが低ければ、対策を保留する場合もある。そのコストをもっと有益なことに使える可能性を考えるからである。その結果、たまたま運悪く甚大な被害が生じたときでも、よほど見通しが悪かった場合以外批判すべきではない。もちろん教訓にはしなければならない。

後出しジャンケンはダブルスタンダードになりやすい傾向がある。結果が悪いと、どうしてもそれを決定した人を後から批判してしまう。それとは反対の立場で、他人から自分の決定を後から批判されるとつい反発してしまう。「それなら自分でやってみろ」と言いたくなってしまうわけである。

後出しジャンケンで批判されるのが嫌だと思ったとき、人は自分で決定することを避けて先送りするか、別の人に委ねる。それができなければ、できるだけ複数の合議で決めようとする。これはできるだけ正しい選択を目指すというよりも、できるだけ批判を分散させたいという自己防衛の心理によるものである。

ダブルスタンダードにしても後出しジャンケンにしても、無意識のうちに陥ってしまう罠である。この罠に陥らないように、常に自分の言動を客観的な目でチェックするよう心がけなければならない。

待ち時間

長い待ち時間を嫌がる人は多い。しかしながら日常生活でどうしても待たなければならない状況もあまたある。買い物をしてレジで並ぶとき、外食で満席のとき、遊園地でジェットコースターに乗るときなど挙げればキリがない。楽しいことを待つのであれば我慢もできるが、気が進まないこと、さっさと済ませたいことを待つのは鬱陶しいものである。病院で診察の順番を待つのは最も避けたいことの一つのようである。

2003年11月に呉共済病院を退職して脳神経外科の診療所を開設した。開設当初の患者数は1日20～30人程度で、時間に追われることなくゆっくり診療できていたし、患者さんも長く待つことはなかった。毎月少しずつ患者数が増え、半年くらいで50人を超えるようになった頃から時間的に余裕がなくなり、患者さんの待ち時間が長くなってきた。受診が集中する時間帯では2時間以上待つ人も出てきた。

予約制を導入して受診時間を分散することを試みたが、予約がなくても受診した人は必ずその日のうちに診察することにしていたので、やはり時間帯によっては患者さんが集中した。予約をしているにもかかわらず1時間以上待つケースもあった。こうなるとさすがに患者さんから、あまりに待ち時間が長すぎるのではないかと不満が出はじめた。

そこでスタッフとも相談して対策を考えた。実は開設するときに診療方針として決めたことが二つあった。それは（1）受診希望者はすべてその日のうちに診察をして必要な検査を行う、（2）丁寧に時間をかけて納得のいくまで説明をすることである。これを守って、さらに（3）待ち時間を短くする方法を考えなければならないが、ちょっと考えればそれは不可能であることがわかる。どれか一つを断念すれば、あとの二つを実現することはできる。受診を制限して1日に診察する数を制限すれば、丁寧に説明してかつ待ち時間を短縮することができる。説明を短く切り上げてしまえば、受診制限せず、待たせなくてすむ。

一度説明をできるだけ短縮してみたところ、それはそれできちんと話をしてもらえないという不満が出た。結局待ち時間を短縮することは諦めて待ってもらうことにした。どうしても待つのが嫌な人は来院しなくなるので、ある程度の待ち時間であれば許容できる人だけが残り、しばらくして待ち時間に関する不満は少なくなった。

実は私自身はこのような待ち時間はまったく苦にならないので、患者さんに待ってもらうことに関して鈍感なのかもしれない。酷暑や極寒の中で立ったまま待つような極端な環境であれば別だが、通常の状況であれば何時間待っても苦痛はない。

なぜ待ち時間が苦にならないかというと、その空いた時間を利用してすることがあるからである。というより細切れの時間ができたら、その時間でできることを準備しておく。とりあえず本を最低3冊は持ち歩くことにしている。本を読んでいれば待ち時間はまったく気にならない。スマホを使い始めてからは文章を書くことが加わった。1日600～1000字程度のエッセイをノルマにしているので、細切れでも時間があれば助かる。次の用事がなければ待つ時間は長いほど嬉しい。

最近長い時間待ったのは、手の手術のために受診した病院の外来であった。人気のある医師だったので患者数も多く、予約をしていたにもかかわらず1時間半くらい待った。読書をして機嫌よく過ごしたが、周囲を見ると待っている人で本を読んでいたのは2、3人であった。あとスマホを操作している人が数人程度いたが、そのほかの人は何もせず座ってただ待っていた。多少イライラ気味の人もいた。

時間をどう使うかは個人の自由である。時間があるからといって何かをしなければならないわけではない。私とて何もせずぼんやり過ごしたいときもある。頭を休めることも大切である。ただしそのときも、ぼんやり「する」という積極的な行為であって、何もしないということではない。待つ時間にいら立つのであれば、何かをすべきであろうと思う。イライラして待つ時間を無駄な時間という。工夫すればいくらでも空き時間の利用法はある。

一人でいるときの時間の使い方で、能力に差がついてくる。短い時間の有用な利用の積み重ねが、いつのまにか大きな成果を生み出すこともある。充実した人生を送ろうと思ったら、時間を無駄にしてはならない。

最近新型コロナウイルスの影響もあって受診患者数が少なくなり、患者さんの待ち時間はほとんどなくなった。それればかりか診察と次の診察の間が空くようになった。その間を利用してこのエッセイを書いている。エッセイははかどるが、これが長く続くようだと収入減で借金を返せなくなるのがそろそろ心配になってきている。（このエッセイはコロナウイルス感染の蔓延で自粛ムードであった２０２０年7月に書いたものである）

健康・医療

身体に良いこと

私の専門は脳神経外科なので、病院に勤務していたころは診療の中心は手術であり、脳血管障害や脳腫瘍が多かった。しかしクリニックを開業してからは、生活習慣病が最も多くなった。生活習慣病とは高血圧、糖尿病、脂質異常（高脂血症）のことで、脳梗塞などの動脈硬化による疾患の原因となる。診療のときに、病気について説明した後、患者さんからの質問に答えるが、生活習慣病の患者さんからは、「日常生活でどのようなことに注意すればよいか」という質問をしばしば受ける。

そのとき、私は次のように答えることにしている。「身体に良いと言われているものを食べないこと、身体に良いと言われていることをしないこと。好きなもの、食べたいものを食べて、やりたいことをしてください。ただし食べすぎ、やり過ぎは良くありません」

冗談で言っているのではない。至極まじめである。しかし大抵「えっ」という顔をされて聞き返される。「身体に良いものを食べてはいけないのですか。良いことをしてはいけないのですか」「そうではありません。身体に良いと言われているものを食べてはいけないのです。良いと言われていることをしてはいけないのです」「良いもの」と「良いと言われているもの」の違いである。ほんとうに身体に良いものなら食べるべきだし、身体に良いことならやるべきであるが、本当かどうかあやしいことが多い。

身体に良いと言われていても、何年かたって、その説が覆されることも珍しくない。良いと言われていたものが、その後の研究で健康には関係のないことが判明したのであればまだしも、身体に悪いという結果が出たなどということもある。良いと信じて実行していた人にとっては、時間と健康を返してくれと言いたくなるであろう。

例えば卵はコレステロールが多く含まれており、血中コレステロール値が上昇するので控えるべきと言われていたが、その後コレステロールを下げる成分も含まれているのでいくら食べても差し支えないという説が出てきた。現在は1日3個くらいが適切であると言われているようである。一時糖質なしの食事が健康に良いということで流行したことがあった。多くの人がそれを信じて試みたところ、たしかに体重は減ったが体調を崩して、今では誰もやらなくなった。

以前から運動は健康に良いと言われており、特に有酸素運動は脂肪を燃やし、代謝を改善するということで推奨されていた。ところが有酸素運動によって発生する活性酸素が、身体の細胞にとって有害であるという研究結果が発表され、息が切れるような運動は控えるべきであるという意見が出た。オリンピックなど国際大会で活躍するレベルのアスリートの死亡年齢が早いという結果を示し、その傍証とされた。しかし現在は、オリンピック級の選手の運動量はかけ離れており、普通の人が行う運動量であれば相当に激しい運動でも有害性は低いとされ、有酸素運動は再び推奨されている。

このような説の中には根拠のない風説もあるが、学術論文として発表されたものも多い。つまり発表された時点ではしっかりとした根拠が示され、最先端の正しい知識とされていた。その学説が180度変わることがあるわけである。現在正しいと認識されている説も、将来変わる可能性が大いにあると考える方が普通であろう。

さらに身体に良いといっても身体のどの部分に良いのか、健康に良いといってもどんな病気の予防になるのか。身体全体に良いはずはないし、どんな病気にも効果があるとは思えない。もし本当に身体に良いとしても、その対象とされる身体の部分は限定されているはずである。それだけであればよいのだが、他の身体の部分に対し悪影響がある場合に問題となる。ある病気が予防できて良いといっても、他の病気を悪化させる可能性があっては意味がない。

例えば炭水化物を制限すればたしかに血糖値は低下するが、ブドウ糖が唯一のエネルギー源である脳は栄養が足りなくなり、脳の機能に不調をきたすことになる。体調を崩してしまうこともある。高齢者で認知症の傾向がある場合、症状が一気に悪化することもある。そもそも糖尿病の本態は、インスリン不足によりブドウ糖を細胞に取り込むことができなくなることである。糖質を制限するとますます細胞のブドウ糖が不足し、細胞の代謝が阻害される。健康に良いはずはない。

コレステロールには、ＨＤＬコレステロールとＬＤＬコレステロールがある。ＬＤＬコレステロール値が高いと動脈硬化を促進するので、俗に悪玉コレステロールといわれている。植物性脂肪はＬＤＬコレステロールを低下させる。それでは植物性油をたくさん摂取すればよいかというと、そういうわけにはいかない。カロリーが高いので、摂りすぎると肥満をきたす。中性脂肪値が上昇し、糖尿病があれば悪化するかもしれない。

これはすべての栄養素についていえることである。要するにどんな食物でも過剰では健康に悪影響となる。それぞれ適切な摂取量があるはずである。適切な量は個人差もあり、個々の食べ物について知ることは難しい。それではどうすればよいか。できるだけ多くの種類の栄養素を万遍なく食べればよい。

さらにいえば、その時点で身体に足りていない栄養素をとればよい。これはどうやって知ることができるのか。そのときに身体が欲している食物に、不足して必要とされる栄養素が含まれているはずである。身体に不足している栄養素を脳が欲するようになっているという理屈である。喉が渇いたときは水分が不足している。塩辛いものが食べたくなるときは塩分が不足している。甘いものが食べたくなったときは、きっと糖分が不足しているのである。これが食べたいものを食べればよいということの理由である。

身体が満足して欲しなくなったら充足したことになる。大体はそのようになるのだが、時々うまくいかないことがあるので注意が必要である。このような調節は脳の働きであるが、調節が誤差を生じることもあり、充足しても脳が満足しないことがある。十分にお菓子を食べてもまだ足りなく感じて食べ過ぎになる人も多い。

人間の脳は身体に必要なものを欲するようになっているのだが、必要はないのに快刺激となるものがある。アルコール、麻薬、ニコチンである。アルコールは習慣的に摂取しすぎると中毒となる。麻薬、ニコチンは摂取するだけで中毒になる。これらの物質は直接に脳の快感中枢を刺激するためで、満足に限度がない。これはよく知っておいて注意する必要がある。

どの程度運動すればよいかについては、実際のところよくわからない。私の場合は歩くのが好きなので、週に3回から4回、1回1時間程度、20キロの荷物を背負って坂道と階段を登る運動をしている。はじめてから10年になる。雨が降っても、風が吹いても、暑くても、寒くても関係なく、台風と雷以外の日は必ず歩くようにしている。この運動が身体に良いかどうか断定的なことはいえないが、少なくとも下肢の筋肉は付いてきた。それまで少しずつ増えていた体重も変わらなくなり、血糖値とコレステロール値が少し高かったのが正常範囲となった。ただしこれは運動が好きだから続けているだけで、必ずしも健康維持が目的ではない。健康という観点からすれば、あまり激しい運動は関節など身体のパーツを痛める可能性もあるし、活性酸素の影響で細胞に悪影響があるかもしれない。

まったく運動をしないのがよくないのは誰もが認めることだが、適切な運動量については個人差があり、ある人にとって適度な運動は、別の人にとっては多すぎるかもしれない。少しだけ無理をする程度の運動量がよさそうに思う。

これは私が最初に言った、「身体に良いと言われていることはしないように、やりたいことをするように」という主張と若干矛盾する。私の説によれば、運動はやりたくなければやらなくてもよいことになる。人生六十年くらいの時代であればそれでよかったのだが、平均寿命が延びて90歳まで生きるのが珍しくなくなった現在は、そういうわけにいかなくなった。60歳までは人間はどのような生活をしても、生活習慣病があっても、運動せず食べてばかりいても、なんとか元気に生きていける。60歳をすぎる頃から身体にいろいろと支障が出はじめる。しっかり運動をして筋力を維持しておかないと、80歳を越える頃から歩行が難しくなってくる。死ぬまで自分の足でしっかり歩きたければ運動が必要である。運動が好きでなくても、嫌々ながらでもある程度の運動はした方がよい。

基本的には好きなものを食べて、やりたいことをして、少し運動を加えることがいつまでも健康を維持する秘訣ということになるが、実はもう一つ大切なことがある。それは睡眠である。もしかしたらこれが一番大切かもしれない。良質な睡眠は、身体的、精神的健康のための必要条件であり、認知症予防にもなるし、免疫機能も高めるといわれている。7時間前後の睡眠がよいといわれているが、当然これも個人差があり、次の日に頭がスッキリして昼間に眠くならないような睡眠時間が適切である。不眠症で眠れなければ遠慮なく睡眠薬を飲めばよい。依存性はあるが、それ以外問題となるような副作用はない。睡眠薬を長期に内服すると認知症になりやすいなどという根拠のない風説があるが、そのようなことはない。ある程度の年齢になれば、たとえ依存しても一生涯飲むつもりであれば何の問題もない。

最後に、もちろん健康も大切だが、人生を楽しめるような充実した生き方も大切であることを強調しておきたい。特にある程度の年齢になれば、とりあえず健康は横に置いて、美味しいものを食べ、好きなことをして、休みたいときにはしっかり休養する生活を目指すのがよい。そのような気楽な生き方を心がけることが、結果として健康な長寿を達成する秘訣であると思う。

安楽死

ＡＬＳ（筋萎縮性側索硬化症）患者で自分では動くことのできない51歳の女性を、薬物投与により死亡させた二人の医師が嘱託殺人の罪で逮捕された事件があった。ＳＮＳ（ソーシャルネットワーキングサービス）で知り合い、ＡＬＳの女性本人がメールで安楽死を依頼したようである。この医師は以前から安楽死を肯定する考えを持っており、それが違法であることは承知の上で実行したということである。

マスコミでも話題になったが、その取り上げられかたはあまり積極的ではなかった。コメンテーターもおよび腰で、安楽死の議論が必要であることを強調するのみで、それ以上の突っ込んだ意見は控えた印象であった。デリケートな問題なので、あまり立ち入りたくない気持ちはわかる。確かに今の時代、下手にコメントするとＳＮＳ上で炎上するのは目に見えているので、消極的になるのも無理のないことではある。

ただＳＮＳのコメントを見ると、ＡＬＳ患者の女性の判断に同情的な意見が多かった。意識があるにもかかわらず、まったく動けない状態の苦しみは想像を絶する。主治医に安楽死を依頼したが断られたようである。そのときの絶望感はいかばかりだったろうか。介護担当者からは、本人から死にたいという話は聞いていなかったというコメントがあった。これは本人の本当の気持ちを理解できていなかったということなのか、もしくは分かっていても気づかないふりをしていたのか。しかしながら、そうであったとしても介護者を非難することは的外れである。当然の役割を果たしただけであり、他に方法はなかったと思う。しかし誰からも共感を得ることができないと分かったときの本人の気持ちも計り知れない。

今回の二人の医師の行為は、多額の報酬を要求していたこと、SNSで初めて知り合った間柄であったことなど、違和感を覚えることもあり賛同はできない。しかし、もし同じことを行ったとしても、長い間の信頼関係がある人の手によって行われたとしたら、いかに法律に反した行為であったとしても、必ずしも非難する気持ちにはなれない人も多いのではないだろうか。

日本では安楽死に関する議論は避けられてきた。議論の必要性を訴える声は多いが、正面切っての議論となると消極的になってしまう。すでにオランダ、ベルギー、スイスなどいくつかの国では安楽死が認められている。スイスは外国人の希望者も受け入れている。日本でも認めるかどうかは安易に決めることはできないが、その議論は必要である。遠くない将来、安楽死を認めるのか、もしくは当分の間は認めないのか一応の結論は出すべきであろうと思う。

安楽死を認めている国でも簡単に認められるわけではなく、厳しい条件と厳格な審査がある。どの国でも大体共通しており、「耐えがたい苦痛がある」「回復の見込みがない」「代替え治療がない」「本人の明確な意思がある」の4項目を条件としている。

1991年に東海大学病院で、昏睡状態が続く多発性骨髄腫の患者を、家族の希望により薬物投与により死亡させた事件では執行猶予付きの有罪判決が下されたが、そのとき裁判所が安楽死を許容できる条件として示した意見もほぼ同じであった。しかしその後、法整備に向けての議論はされていない。

安楽死を求めるのは、もちろん耐えがたい肉体的、精神的苦痛から解放されるためである。回復する可能性があれば頑張れるが、死ぬまで続くとなると苦しむために生きているのと同じである。この場合安楽死を考えるのは普通の心理であろう。

元々は癌の末期など、激しい痛みの苦痛を逃れるためであった。その後このような痛みは十分にコントロールできるようになったのと、死が迫っているので苦痛は長く続かないことから、癌が安楽死の対象となることは少なくなってきた。また意識がなくなって昏睡状態の場合、苦痛を感じることはないので対象外である。意識がないまま生きながらえたくないという意思を元気なときに残すことで、延命治療を拒否することもあるが、これは尊厳死であって、安楽死の問題とはとりあえず関連はない。

安楽死の対象となるケースで多いのは、意識があってまったく動くことができない場合であるが、これには冒頭で述べたＡＬＳが該当する。それ以外には脊髄小脳変性症、多系統萎縮など変性疾患の末期、高位頸髄損傷などを思いつく。多系統萎縮の女性がスイスで安楽死を迎えたＮＨＫのドキュメントが話題になったのを覚えている人もあるかと思う。

安楽死を望む人がいた場合、思いとどまるように説得するのは簡単ではない。もし身近な人に相談されたらどのように対応すべきだろう。もっと頑張れというのは酷である。どんな状況であっても生きていて欲しいというのはエゴである。生命の大切さを説くのは価値観の押し付けである。法的な問題で周囲の関係者に迷惑がかかるというのは、それなりの説得力があるかもしれないが、本人の犠牲を強いるものではないか。

安楽死反対派が主張する一番の理由は、生命の大切さである。いかなる場合でも生命を奪ってはならないという信念が背景にある。すべての命は誰にとっても等しく貴重であるとする生命の価値の絶対化である。

しかしながら、生命に絶対的な価値があるのは当の本人にとってのみであり、それ以外の人にとっては生命の価値は相対的なものである。すべての生命は同じように大切であるという考えは間違ってはいないが、現実を直視するのを避けているともいえる。当然ながら、自分の命と他人の命の価値は異なる。通常自分の命が最も重要である。さらに自分の子供と、友人と、赤の他人ではその価値は異なる。自分の子供より他人の命が大切という人はいないであろう。

大事なのは、生命の価値の相対性は知った上で、自分にとって自分の命が大切なように、他人にとってもその人自身の命が最も大切なのだということをしっかり認識することである。これが生命を大切にするということである。

だとすれば一般的な生命の価値を理由に安楽死を否定するのは、やや的外れな感じがする。自分の命の大切さを分かった上での本人の決断は尊重しなければならない。もちろんすぐに賛同するのはよくないが、どんな命も大切だからという理由で安楽死を思いとどまるように説得することに意味はない。説得するとすれば、早計に決めないように、別の道はないか一緒に考えるよう提案する姿勢で臨むしかないであろう。

生きた年月がたとえ短くても、充実した人生であれば、本人にとってはそれだけで大きな意義はある。何年にもわたる苦しみの生活が続くとしたとき、良いことがあるかもしれないとはいえ、どの道を選ぶのかは本人の決断によるべきである。

日本には現在安楽死という選択肢はない。今後議論にはなっても、法的に安楽死が認められる可能性は低いと思う。自分のことは自分で決めるという個人主義的な考え方も少しずつ浸透しつつあるとはいえ、みんなで支え合うという共同体主義的な価値観が優勢な日本人の感性には安楽死は馴染まないことがその理由である。さらに生命は何よりも尊いという正論に立ち向かえるだけの意見は、なかなか多数派にはならないであろう。

ヒューマニズムを理由にした苦しみの強要は当分続きそうである。安楽死を法的に認めることは、選択肢を増やすということであって、安楽死を勧めるわけではない。決して安易に死を容認するわけでもない。

私自身がどのような形の死を迎えるか予測はつかないが、万一安楽死を望むような状況になるとしたら、それまでにはぜひ安楽死を認める法整備が実現して欲しいものである。

新・出生前診断

出産を迎える両親にとって最大の願いは、生まれる子供が健康であることであろう。そのために以前から超音波エコー、レントゲンなどの画像検査、血液検査などの出生前検査を行って出産に備えている。そこに数年前から新・出生前診断が加わり、遺伝子異常による疾患の診断が可能となった。

新・出生前診断（母体血胎児染色体検査）は、胎児の染色体異常を母体の血液によって調べる検査であり、２０１１年にアメリカで開発された。母親の静脈採血のみで調べることができ、それまでの羊水検査とくらべても安全性が格段に高いこともあって、たちどころに普及した。現在日本では年間１５０００人の妊婦が検査を受けている。

この検査では多くの遺伝子異常がわかるが、日本産婦人科学会ではトリソミーといわれる3種類の染色体異常のみ対象とすることを推奨している。トリソミーとは染色体の数が過剰になる先天性疾患であり、通常は２本ペアの染色体が３本になる。人間の染色体は23ペア46本あるが、そのうち13、18、21番の各染色体が異常をきたしやすい。21番染色体異常が最も多く、ダウン症候群といわれている。

安全に検査ができるようになり、普通に考えれば異論はないと思うのだが、二つの問題が指摘されている。安易な中絶が増えることと、命の選別につながることが危惧されるという主張である。さらに十分な知識のないままで検査を受け、その結果だけ知らされて混乱する人が出ることも心配されている。これを理由に日本産婦人科学会は、検査可能な医療施設を限定し、診療科として産婦人科と小児科を持つこと、遺伝カウンセリングが可能であることを検査の施行できる条件とした。さらに高齢出産（35歳以上が目安）もしくは染色体異常を持つ子供を妊娠した既往のある妊婦を対象とすることになった。この条件を満たす医療機関を認定施設に指定し、希望者はここで検査を受けることを推奨することにしたわけである。現在全国で１０９の認定施設がある。

しかし認定施設は希望者に対して数が少なく、認定施設のない県もあり、さらに制約もあるため、希望通りに検査を受けることができないという不満が出てきた。日本産婦人科学会の提言には法的根拠はないため、これらの不満を受けて無認定施設でも検査を請け負うようになった。その数は現在１３５施設と認可施設を上回っている。実際の検査は受診した施設で行うわけではなく、検査専門の機関に依頼する。いずれも依頼する検査機関は同じであるから、その精度は変わりない。しかも費用は認定施設が20万円であるのに対し、無認定施設の多くは10万円程度と半分に抑えている。

こうなると当然ながら検査希望者が無認定施設に流れるのは必然である。妊婦としては産婦人科学会の思惑など知ったことではないであろう。産婦人科学会は無認定施設に検査を中止するように勧告し、従わない産婦人科医を学会から退会処分として問題となった。無認定で検査を行っている医師にも大いに言い分はある。安全で有益な出生前検査があるのなら、すべての妊婦はそれを受ける権利があり、制限されるべきではないというものである。

検査を受ける妊婦の気持ちもわかる。今までも胎児の状態を見るため腹部エコーなど可能な範囲での出生前検査を行ってきた。それに加えて、安全でもっと広範に異常の診断が可能な検査ができれば、受けたくなるのは当たり前である。超音波エコーが利用される前は、病気どころか性別さえわからなかったのである。超音波エコー検査が導入されて、出生前にいろいろな病気がわかるようになった。エコー検査と新・出生前検査のどこに本質的な違いがあるのか。

安易な中絶が増えるという危惧は的外れである。出生前診断を受けるということは、生まれた後の子供の健康状態を心配しているわけである。もともと産む前提でいるわけで、そのような人が安易に中絶を選ぶとは考えにくい。たしかに新・出生前検査でトリソミーと診断された人の９割以上が中絶することを選択するようであるが、この数字をもって安易という評価を下すべきではないように思う。

妊婦がこの検査を受ける目的は、心理的には安心を得たいということであろうが、もし異常がわかれば中絶することも視野に入れているはずである。そうでなければ検査を受ける意味がない。悩んだすえに中絶することを選択した場合、果たしてそれが命の選別といえるのか。命の選別になるとしたら、それは良くないことなのか。中絶することが命の選別になるとしても、それとダウン症候群の人を差別することにどのような関連があるのか。

障害のある人もない人も、同じように生きる意味があることは自明の理である。実際に生まれて生活しているダウン症候群の人が、それなりに充実した生を楽しんでいることは確かであり、疑う余地はない。しかしながら、育てて最後まで生活の面倒を見なくてはならない両親の負担は決して軽いものではない。自分たちの生活も相当に制限される。人生においてやりたくても諦めなければならないこともあるだろう。

このとき、子供を諦めることを選んだとしても、この判断を否定することができるだろうか。中絶するかどうかの判断は、生まれてくるであろう子供がどのような運命をたどるかという観点ではなく、両親がどのような生き方をしたいのか、人生の何に価値を求めているのかということに基づいて行われるべきである。

望まない子供を中絶することは、別にこのような遺伝子異常に限ったことではない。予期せぬ妊娠もあるだろうし、産むつもりで妊娠しても事情が変わって諦めざるをえないこともあるだろう。極端な話をすれば、レイプによって妊娠した場合は望まない妊娠ということで当然のごとく中絶を選ぶ。子供にはまったく罪はないにもかかわらずである。このようなケースと遺伝子異常がわかったときの中絶と本質的な違いがあるのか。

命の選別であるといわれればその通りである。ここで命を選別して何が悪いと開き直るつもりはないが、命の選別が絶対的な悪であるとするのも思考停止であろう。命の選別がなぜ間違っているといわれるのかもう一歩踏み込んで考えなくてはならない。

その理由として第一に挙げられるのは、どんな命でも同じように価値があるという主張である。その通りではあるが、これは自分自身の命はその本人にとって絶対的な価値があるということであって、他人の命の価値は相対的なものであるということは認識しておかねばならない。自分の親兄弟と他人との価値は違うだろうし、自分の子供の命と、名前も知らない他人とではその大切さは異なるはずである。ただし、自分にとって他人の価値は相対的に低いからといって、決して他人を軽んじてよいというわけではない。自分にとって自分が大切で価値があるように、他人にとっても同じように、その人自身が大切で価値ある存在であることはしっかり認識しておく必要がある。それによって人の命を尊重することができるのである。

命の選別に直面する状況は誰にでも起こりうることである。この問題に直面するケースとして医療におけるトリアージがある。限られた医療資源で、その限界を超えた患者がいる場合、治療を行う患者を選別しなければならない状況である。

最近では、イタリアで、コロナウイルス感染により重症化した患者の治療のための人工呼吸器が足りなかったため、若い人を優先して高齢者の治療を中断せざるをえないという事例があった。これはまさに命の選別であるが、この決断を非難する人はあまりいないと思う。

命の選別と優生思想による差別の関連を指摘する意見もある。優生思想に関連した事件で誰もがすぐに思いつくのは、ナチスドイツによるユダヤ人虐殺であろう。これは優れたアーリア人と民族的に劣るユダヤ人という、アドルフ・ヒトラー個人のまったく根拠のない思い込みによるものであるが、そのバックグラウンドに優生思想があったことは周知のことである。日本では優生保護法による精神遅滞者やハンセン病患者に対する不妊手術が問題となった。これは後に国も誤りを認め、謝罪賠償に応じることとなった。

これらの事例は科学的に誤った根拠に基づくものであったので、そもそも良くないことであるが、それでは科学的根拠があれば命の選別をしてもよいのかという疑問が出てくる。命の選別を良くないとするのは、能力の劣った人間は存在すべきでないという優生思想が、現に障害を持って生きている人たちの差別につながることが危惧されるからである。

しかしながら先にも述べたように、ダウン症候群の人を差別しているわけではない。中絶することを選んだ人とて、もし生まれたらその子供を大切にするであろうし、社会としてもできる限りバックアップはする。心ない人で、差別的な言動を投げかける人がないとはいえないが、基本的には差別はしない。すなわち生まれる前に命の選別があったとしても、生まれて現に生活している人の命を軽く考えることはありえないし、ましてや何らかの事情で命を選別することも考えられない。

新・出生前診断で異常がわかったとき、中絶するのは女性の権利ともいえる。自分の生き方を選択する権利である。もちろんダウン症候群と知った上で、その子供を産んで育てる人の気持ちは尊敬に値するものであるが、産まないことを選択する人を否定的に評価することは間違っていることだろうと思う。ダウン症候群の子供を産んで育てようと思う人があればそれでよい。社会は全面的に援助しなければならない。ただし、その人が他の人もすべて同じように産んで育てなければならないと主張するのは間違いである。それぞれの価値観は尊重すべきである。

命の選別をしなくて済めばそれに越したことはないが、どうしても避けることができない場合は、何らかの決断を下さなくてはならない。そのとき、命の選別それ自体が、どのような状況でも悪いことだという先入観で思考停止に陥らないようにすべきである。

新・出生前診断の結果に基づいて胎児を中絶することが、命の選別であるとする主張に反論することは難しい。しかしながら、その選択が悪いことかというと話は別である。産んだ人は子供を育てることを選んだわけであり、中絶した人は子供は諦めて自分の人生をより充実させることを選んだわけである。個人の価値観の違いの問題であって、第三者が干渉することではないと思う。

医師免許制度と専門医制度

数ある国家資格の中で、難しさでトップ3は司法資格、公認会計士資格、医師資格といわれている。この三つは、一度資格を取得すると生涯有効である。

法律も経済制度も少しずつ変わるが、医学はまさに日進月歩で、2、3年で概念がまったく変わることも珍しくない。5年以上前の知識は使えないと思っていた方がよい。継続的に勉強を続けないと、通常の医療レベルさえも維持できなくなる。

問題は、それにもかかわらず医師免許には更新制度がなく生涯有効なことである。私は何らかの更新制度を設けるべきであろうと思っている。もっといえば、10年に1回程度医師国家試験を受けて合格しなければ、医師免許取り消しにすればよいと考えている。卒業して医師の仕事を始めると、専門医療に特化して仕事をすることが多いので、医学部卒業直後と同じ試験である必要はないが、新たな知識についていけているかどうかを調べる何らかのチェックは必要であろうと思う。

医師資格は終生有効だが、専門医資格は一定の期間ごとに更新しなくてはならない。実は専門医は国家資格ではなく、それぞれの診療科の学会が認定する資格である。法的には専門医資格がなくてもその専門分野の診療は可能であるが、実際には資格がないと責任のある立場での診療は難しくなる。

制度自体はかなり以前からあった。私の専門である脳神経外科専門医制度が発足したのは、麻酔科に続いて二番目に古く、1966年のことである。その後各学会が専門医認定制度を開始し、2000年頃にはほとんどの診療科で専門医制度の立ち上げが完了した。しかし専門医取得の難易度は様々で、申請すればほぼ100%合格する科もあった。それが問題視されて国による統一的な制度が模索され、いくつかの試みののちに2018年4月から新専門医制度が始まった。

新専門医制度になって、取得、更新時の条件が厳しくなった。専門医資格更新要件として、(1)診療実績の証明、(2)共通講習の実績、(3)専門領域講習の実績、(4)学会に出席した実績を提出することが求められる。他の科のことは詳しく知らないので、脳神経外科の制度についてもう少し具体的に説明すると次のごとくである。他の科も大同小異だと思う。5年に一度次の条件をクリアして、申請すれば資格が更新できる。(1)診療実績は、手術、検査、診断を行った症例のサマリーを100~200例提出、(2)共通講習はすべての科で共通で、医療安全、医療倫理に関する講習である。(3)専門領域講習は各科独自の講習会、講演会で、最低20単位の受講が必要である。（4）学会出席は全国規模の学会に年に1回出席すればよい。

このような専門医更新条件は、厳しいといえばそのように思えるが、容易であるようにも感じる。専門医の多くは毎日仕事をしており、暇な人はあまりいない。その中で資格更新のために必要な学会、講習会出席の負担が大きすぎると仕事に支障をきたしかねない。簡単すぎると更新審査の意味が薄れる。

適切な更新条件の程度があるはずだが、これを決めるのが難しい。負担が大きすぎると専門医側から異議が出るが、簡単過ぎても一般の人から異議が出ることはよほどのことがない限りありえない。そのためどうしても負担が軽くなる側に寄りがちになる。脳神経外科の場合、現在の更新条件は厳しすぎるという意見は少数派で、多くの専門医はおおむね妥当だと考えている。

専門医資格の認定や更新制度がどのくらい充実しているかは、すなわち専門医制度の信頼につながる。その意味でも、専門医認定機構による制度の一元化、新専門医制度の施行はとてもよいことだと思う。専門医制度先進国のアメリカに追いつくためのスタートラインにようやく着くことができたという状況である。

アメリカのように、専門医でなければその科の標榜ができないのであれば、専門医資格の更新だけでよい。なぜならば、専門医資格が更新できなければ実質的に医療の継続ができないからである。しかし、日本では専門医資格がなくてもどの診療科でも標榜できるので、それだけでは不十分である。医師としての力量が保たれていることが証明できるなんらかの更新制度が必要と思う。

２００５年、小泉内閣のときに、何度も医療事故を引き起こす医師がいることが問題となり、医師免許更新制度の是非を検討することを提案されたことがある。これは各界の反対で検討すらされなかったが、そのときの日経新聞の一般市民を対象としたアンケートでは、医療制度に関する改革で優先的に扱ってほしい項目として、医師免許更新制度が第１位だった。医師は信頼できないと考えている市民も少なくないことの表れであろうか。

現実に問題となるのは、年齢による衰えのための能力低下が原因で、診療レベルが維持できなくなったときである。現在の制度ではそれでも医師免許は失効しないので、医師の仕事は続けることができる。衰えを自覚したら自ら引退すればよいのだが、適切に自覚できる人ばかりではない。一定の年齢を決めて医師資格喪失、つまり定年制とするのも問題がある。年齢による衰えの個人差が大きいからである。いくら高齢になっても、若い医師以上のレベルの診療ができる人もいるはずである。やはり定期的に国家試験を行って、能力のチェックをするのが公平だと思う。試験が無理なら、専門医更新制度と同じように、せめて5年ごとの更新を義務とすべきではないだろうか。

日本の医療制度

世界各国の医療制度は、先進国だけに限っても多種多様である。どの国の制度にも長所短所があり決定版はない。最良の制度があればすべての国がその制度を採用するはずであるから、様々な制度が試行錯誤されているところをみると、これぞ決定版という制度設計は相当に難しいのだと思う。

医療制度の良否を判断する指標はいくつか考えられるが、もっとも単純で明快なのは平均寿命であろう。さらに乳児死亡率も相関があるはずである。平均寿命が長く、乳児死亡率が低いほど良い医療制度と考えるわけである。日本は両方ともトップレベルである。もちろんこれだけで判断はできないが、日本の医療制度が基本的にはそれほど的を外していないことは確かであろう。

その制度とはどのようなものなのであろうか。日本の医療制度は次の四つのキーワードで特徴付けられている。（1）国民皆保険、（2）フリーアクセス、（3）自由開業制、自由標榜制、（4）診療報酬出来高払いである。それぞれに多くの論点があるが、今回は（3）自由開業制の話である。最後に少し（2）フリーアクセスについても考えてみたいと思う。

自由開業制とは、医師資格があればいつどこででも診療所を開設して医業をなすことができる制度である。しかも麻酔科以外であれば何科を標榜してもかまわない（麻酔科は標榜医制度があり、一定の条件を満たす必要がある）。極端な話、法的には脳神経外科の医師が産婦人科の看板を出しても差し支えないわけである。

実際にはそこまで極端な例はないが、30年くらい前までは、開業するときに自分の専門に近い領域の診療科を併せて名乗るケースは結構あった。例えば内科で開業する場合、小児科も標榜する医師が多かった。もっと以前には泌尿器科の医師は、なぜか皮膚科も標榜していた。消化器内科が専門でも、看板は「内科」として循環器や呼吸器なども併せて診る医師は今でもいる。

最近は専門化が進んで細分化してきたことと、開業医といえども専門性を打ち出さなければ患者を集めることが難しくなってきたこともあり、自分の専門科のみ標榜する医師も増えてきた。「循環器内科」「消化器内科」「呼吸器内科」など専門性を強調した看板も目立つようになった。これは自分の専門以外はご遠慮願いたいという意思表示である。ちなみに昔は「・・医院」という命名が多かった。

一方で開業医は「かかりつけ医」という立ち位置に置かれ、専門医にかかる前のつなぎ的な役割を担う医師とみられることがある。イギリスにおける医療制度での一般医と同じ役割である。イギリスではすべての国民が最初に診てもらう医師を一人登録しておき、どんな症状でもまず登録した医師の診察を受け、必要に応じて専門医に紹介してもらう仕組みになっている。

その役目を、かかりつけ医という名のもとに開業医に担ってもらおうという期待である。しかしながら、先に述べたように開業してからも専門医として医療を継続する医師も多くなった。このような医師は一般医としてのトレーニングは受けていないし、かかりつけ医としての役目を果たす意図もない。もちろん受診した患者さんはすべて診るし、専門が違えば紹介もするが、最初からそれを前提の診療はしない。あくまで目指すのは専門医療である。

ここに、開業医に対して社会が期待することと、医師がそうありたいと思う医師像との間の乖離がある。体に不調を感じたらとりあえず「かかりつけ医」に相談しなさい、ふだんからいつでも相談できる「かかりつけ医」を持っておきなさいと勧められる。

しかしそのような「かかりつけ医」がどこにでもいるのか。勝手にかかりつけ医と決められて、何もかも相談されて困る医師も多いのではないか。もちろん学生時代に一応全科目について勉強はしている。病院勤めでは担当する入院患者も様々な病気になるので、その治療を通じて専門以外の病気の知識もある程度は増えてくる。場合によっては診察をして専門医に紹介するくらいはできないことはないだろう。とはいえ皆が期待するような役割を果たすことには消極的で、自分の専門の領域だけに特化して診療したいと感じている医師も多いと思う。

もちろんかかりつけ医として自分の力を発揮したいと考えている医師もいるだろう。専門領域を絞らず広い領域で研鑽し、正確で迅速な診断で勝負しようという意図である。ただしこれはそう簡単なことではない。昔は「広く浅く」でよかったが、最近はすべての領域である程度の深い知識を要求される。むしろ専門領域に特化する方が容易である。

以上のような理由で診療所名に専門科名を入れることにより、専門性を強調する医師が増えてきたわけである。ただこれはこれで悩みがある。開業すると手術をはじめとする侵襲的な治療が限られる。入院設備を持つことはできるが、経営的にも管理上も大変なので、ほとんどの場合無床診療所の形態をとる。しかしこれだと大きな手術はできず、自分だけで治療を完結することができなくなる。診断だけ行ってあとは入院が可能な病院に紹介し、治療を委ねるしかない。専門医としてはやや不完全燃焼気味である。

そもそも開業したいと思う動機は何であろうか。病院での激務を継続するのが難しくなってきた、自分の方針で自由に診療をしたい、収入を増やしたいなどの理由が考えられる。例外的には何らかのトラブルがあり、病院にいづらくなったケースもある。多くは複合的な事情であろうが、その比重は人それぞれであろう。

私の場合もいくつかの理由があったが、最も大きかったのは自分の方針で自由に診療をしたいということであった。体力的に当直業務が負担になってきたこともある。病院にいるとある程度の裁量はあるが、基本的には病院の方針に従わなければならないことも多い。開業するとき少し悩んだのは、先に述べたように手術ができないことによって治療が完結できなくなることであった。しかし元々脳神経外科を選んだ動機は、神経系の病態に興味があったからで手術に強いこだわりがあるわけではなかった。できることなら手術は続けて、かつ自分の方針で自由に診療を続けることができればよかったのだが、現在の日本の医療制度のもとでは難しいので手術を継続することは諦めた。

このような診療上の問題を両立できる方法があれば理想的である。実はアメリカ合衆国の医療制度はこれに近い。医師は開業すると自分のクリニック、オフィスで診察をして、必要に応じて契約している病院に入院させ治療する。外科医であれば手術も行う。治療は病院に常在しているレジデントと呼ばれる卒後6~7年くらいまでの医師と共同で行う。この方法だと頑張れば患者数に応じて収入も増えるし、専門医療も継続できる。

日本では開業すると、通常病院との繋がりは切れて、患者を紹介するだけの関係となる。紹介したあとの治療はすべて病院に任せる。私としてはできることならアメリカ方式がよかったが、当分の間は望むべくもないので諦めた。他の医師の考えはわからないが、少なくとも私にとってはアメリカのシステムが理想に近い。

それでは患者の立場としてはどのようなシステムが良いのであろうか。私は医師なので完全に患者の立場に立って考えることは難しい。医学知識があることと、同業の知り合いが多く、特別に配慮してもらえることがあるからである。それでもしいて患者さんの立場で考えてみるならば、日本のシステムは患者にとってはなかなか優れたシステムではないかと思う。そう考える一番の理由はフリーアクセスがある程度保証されているからである。

医療に関するフリーアクセスとは、体の調子が悪くなったとき、いつでも自由にどの医療機関でも受診できるということである。難点は自分で受診先を判断しなければならないことと、一部の医療機関に患者が集中する可能性が高くなることである。的外れな診療科を受診して二度手間にもなりかねない。一方でイギリスのような方式であれば、適切な医療機関を受診できる可能性は高くなり、待ち時間もなくなるが、最初の診断が間違って適切な診療を適切なタイミングで受けることができなかった場合には、不満が残ってしまう。一長一短ではあるが、やはり「自由に」というキーワードはリバタリアンである私にとっては魅力的である。

日本では数年前から、総合病院を受診する際、診療所からの紹介状がないと数千円程度の追加料金を徴収する制度ができた。これは患者が病院に集中するのを抑制するためであり、ある程度の効果はあがっているようである。病院の医療従事者の負担軽減のためという目的もわからないではないが、私としては賛成とは言いがたい。何らかの形での受診制限は国家による規制であり、自由の制限となるからである。医療も特別視せず、他の業種と同じように市場原理に任せるべきと思っている。病院への患者の集中が好ましくないのであれば、政策的な誘導ではなく、患者さんが診療所を指向するような魅力を備えることに注力すべきであろう。

うつ病

専門は脳神経外科であるが、私の診療所にはうつ病の患者さんもよく受診する。脳神経外科の医師は精神疾患の診察を嫌がる傾向があるが、私は積極的に診察するようにしている。うつ病の本来の診療科は精神科であるが、同じ脳の病気なので、脳神経外科であっても勉強すれば診療できないわけではない。精神科を受診するのはいまだに抵抗感を持つ人が多く、そのため脳の病気を診る神経内科や脳神経外科を受診するようである。

精神科の医師が開業して診療所を開設するとき、精神科という看板を掲げると患者さんの来院する敷居が高くなると思われるのか、心療内科と標榜されるケースが多い。というより精神科クリニックという表示は見たことがない。私のクリニックでも10年前から、心療内科も標榜している。

心療内科は本来、うつ病などの精神疾患を主な診療対象としているわけではない。腹痛、下痢、便秘、頭痛、吐き気、動悸などの身体症状があり、それぞれの臓器を調べても検査では異常を認めない場合、自律神経中枢やそれと関連する脳の不調が原因と考える。この病態を心身症と言い、カウンセリングや自律神経調整剤、向精神薬などで治療を行う。このような病態を診察するのが心療内科である。つまり心療内科の本来の対象は精神疾患ではなく、身体に不調をきたす病態である。

不調をきたしている脳の領域は、視床、視床下部、帯状回、扁桃体など自律神経機能や情動を制御する脳と考えられている。これはうつ病の原因となる脳領域とオーバーラップしている。というよりほぼ同じである。そういうことで治療には同じような薬を使うことになり、必然的に心療内科でうつ病の診療を行うことになる。心療内科という呼び名は、一般の人にとってほぼ精神科と同義語として認識されているようである。

私は以前から、うつ病、神経症、統合失調症などの精神疾患に関心があり、脳神経外科診療のかたわら少しずつ勉強をして、うつ病の患者さんの診察を行ってきた。長くやっていると、次第に薬の使い方をはじめとする治療のコツも身についてくる。最近は1日3、4人のうつ病患者を診察している。ただし入院設備はないので、比較的軽症の患者に限られる。食事が摂れなくなった患者や、自殺企図のありそうな患者は迷わず病院に紹介することにしている。

私はうつ病の診察を行うとき、まず（1）明らかな原因がなく、特にこれといったきっかけが本人にもわからないケースと、（2）発症の原因やきっかけがはっきりしているケースに分けている。

はっきりした原因のわからない場合を内因性うつ病という。これは情動に関連した脳の神経回路に脆弱な部分があり、何らかの情動ストレスが加わると通常の神経伝達の流れが破綻をきたし、正常な精神活動が維持できなくなる状態である。元々の本人の資質が原因ということである。

それに対して原因がはっきりしている場合を外因性うつ病という。通常は心因性うつ病という表現を使うことが多く、外因性は脳梗塞や脳腫瘍などの器質性疾患がある場合を指す。しかし私はこの心因性、外因性という言葉の使い方は適切でなく、外因性うつ病は外的な原因のはっきりしているうつ病を示す病名として使う方がよいのではないかと考えている。ここでいう原因とは対人関係や過労など自分の外部にある現象のことを指す。脳梗塞や脳腫瘍は外因ではないし、私の使い方であれば、自分の脳の内部に原因を有するものと、自分の外の世界に原因がある場合の区別をつけるという意味が認識しやすいと思う。さらに内因性うつ病と外因性うつ病では治療法が異なり、この分類である程度の治療の方向性を決める助けになる。

内因性うつ病は内服治療が必要となることが多い。いったんよくなってもちょっとしたきっかけで再発し、再度内服が必要となる。治療は長期にわたり、精神科に通院している人が多い。私は内因性うつ病と外因性うつ病は異なる病態として対処している。

私の診療所を受診する人のほとんどは外因性うつ病である。原因としては職場のストレスが最も多い。8割程度がこれに当たる。職場のストレスの原因は人間関係のトラブルと、過剰な仕事の負荷である。この病態は通常適応障害という診断名をつけるが、不調をきたす最終的な脳の領域は内因性うつ病と同じである。先に述べた心身症も同じ場所である。薬物治療は内因性うつ病と同じだが、アドバイス、カウンセリングなどの非薬物治療は異なる。

外的な原因がはっきりわかっている場合、治療の大原則はその原因を取り除くことである。原因がなくなればたいていの場合症状は改善する。ただし原因を簡単に取り除けないからうつ状態になるわけで、言うほど簡単なことではない。

例えば職場における人間関係のトラブルが原因となってうつ症状が生じた場合の対処法を考えてみよう。トラブルの相手が特定の一人なのか複数なのかによっても違ってくるが、いずれにしてもその現場を離れることが解決となる。一番確実なのは転職することである。この方法は次の適当な仕事があればよいが、なければ経済的に困ることになる。逆にいえば、とりあえずすぐに経済的に困らなければ積極的に考慮してもよい。

すぐに転職が難しければ、しばらく休職する方法もある。多くの場合、休職して数日もすれば症状は軽快する。ただし、休職している間はよいが、職場に復帰したとき、現状がそのままであれば必ず再発する。だとすれば休職している間に何らかの対策を考えなければならない。例えば大きな会社であれば、職場での部署の配置転換を交渉することが考えられる。全国展開するような会社であれば転勤もあるかもしれない。どこに行っても気のあわない人はいるので、転属先が今までよりよいとは限らないのが不安な点ではあるが、会社の了承を得ることができればやってみる価値はある。

もう一つは自分の考え方を変えることである。うつ病や適応障害になりやすい人は繊細で責任感が強く、人の評価を気にかけるタイプが多い。鈍感で、人が自分のことをどう思うかを気にかけない人はうつ病や適応障害にはなりにくい。つまり鈍感になればよい。これは元々の性格なのですぐに変えるのは難しいが、ふだんから意識して変えようとすれば少しずつでも変わってくる。性格は変わらなくても考え方は変えることができる。

いくつかコツがある。まず鈍感なふりをすることである。最初は本当に鈍感でなくてもよい。ふりを続けていれば周囲もそういう眼で見るようになり、そうなると自分もその気になって本当に鈍感に近づく。そうすればあまり人の思惑も気にならなくなる。人に評価されたり、うわさを立てられたり、何か思われたとして、その結果はどうなるだろうと突き詰めて考えてみることも有用である。よくよく考えてみると、大した問題ではないように思えてくることもある。たかが嫌な人間だと思われたり、バカだと思われたり、責任感がないと思われたりするだけである。他人の思惑など知ったことではないであろう。

さらにいつでも仕事などやめればよい、やめても何とかなると自分に言い聞かすことである。実際には何とかならないこともあるし、簡単にやめなくてもよいが、そう思うだけで、気分が少し楽になることもある。

鈍感力は一種の才能であるから身につけようと思っても簡単ではないが、努力して自分のものになれば残りの人生を生きる上での強い味方になることは間違いない。

仕事量が自分の能力でこなせる限度を超えている場合も、大いにストレスの原因となる。できないことを何とかやり遂げようとして、それでもできない場合、脳がヒートアップして最後にはパニック状態となるわけである。さらに人の評価を気にして行動が萎縮し、脳の活動も抑圧される。

対処としてはやはり休養しかない。ただ人間関係のストレスの場合と違い、症状が改善して復帰したとき、少しずつ慣らしてゆけば問題が解決する場合もある。

あと職場のストレス全般にいえることだが、ストレスを仕事以外でうまく解消できる手段を持っていると、危機を乗り切る助けになることがある。具体的には熱中できる趣味を持つことである。趣味に逃げるということではない。趣味を仕事にくらべて軽くみる人もいるが決してそうではない。人生の目標、生活の中心を趣味に置き、仕事は収入を得るための手段と考える方がよいことも多い。趣味と仕事が一致する人のみ仕事を人生の中心に据えてもよいが、それができる人は例外と考えた方がよい。それを勘違いして仕事中心に考えると、順調にいかなかったとき、うつ病や適応障害になる。生きがいの比重を仕事から趣味にうまくシフトすることができれば、生き方がずっと楽になる。理想は、映画『釣りバカ日誌』のハマちゃんである。あそこまで筋金入りの趣味人間になるのは難しいかもしれないが、見習う点は多い。

以上のような様々な方法を試みる中で、自分に合うものがあればよいが、それでも解決が難しい場合は、最終的には職場を離れるしかない。実際転職してうまくいった人も数多い。離職するときに一番の障壁となるのは経済問題である。当たり前であるが、経済的問題が軽いほど離職は容易である。最も困難なケースは中年の男性で、妻子があり、住宅ローンなどで多額の借金を背負っている場合である。どうにも身動きが取れない。だからといって無理を続けると、ますます落ち込んで精神的に疲弊した結果、泥沼から抜け出せなくなる。こうなるといよいよ対処が困難となるので、どこかで思い切って転職を決断しなければならない。ただしうつ病になってしまうと自分では決断もままならない。やはり誰かの助けが必要である。

理想の医師像

病気になったときにどのような医師に診てもらいたいと思うだろうか。当然ながらほとんどの人は良い医師に診てもらいたいと考える。それでは良い医師とはどのような医師のことをいうのだろうか。多くの人は漠然としたものではあっても、良い医師と判断する尺度は持っているはずである。しかしあらためて良い医師とはどのような医師かと聞かれると、すぐに明確な答えができる人は少ないと思う。そこで今回は良い医師と判断される条件について考えてみたい。

その判断基準とは究極的には二つの要素の組み合わせであると考えられる。その要素とは病気を治す実力と、優しさである。これだけであれば誰でも思いつくといわれそうなので、もう少し詳しく説明しよう。

病気の中には現在の医療レベルでは治せないものも多い。治る病気であっても自然に治るのであって、医療が介入しなければ治らない病気はごく一部である。実力のある医師とはこの見極めができることと、治すべき病気をきっちり治すことができる医師のことをいう。どんな医師でも100%正確な判断は不可能であるから、厳密には正しい判断の確率ができるだけ高いことが良い医師の条件ということになる。優しい医師とは、患者さんの気持ちに寄りそって、病気に関する説明を丁寧な言葉で詳しく行ってくれる医師のことをいう。わからないときに何度聞いても嫌な顔をせず話してくれることも条件である。

実力のあることと優しいことを組み合わせると4種類になる。つまり（1）実力があって優しい医師、（2）実力はあるが冷たい医師、（3）実力がないが優しい医師、（4）実力もなくて冷たい医師である。冷たいはやや言い過ぎで、「無愛想な医師」くらいにした方がよいかもしれない。（1）が良い医師であることは異論がないと思う。（2）、（3）も場合によっては良い医師と評価されるだろう。（4）を良い医師と考える人はあまりいない。

ところで良い医師の反対は悪い医師ではない。悪い医師というと意識的に悪いことをするような印象になるが、もちろんこのような医師はいない。良い医療を目指すが結果的に思ったようにいかないだけである。駄目な医師という言い方も少し違う。残念な医師くらいでどうだろうか。

あと自分の実力を正しく評価できていない医師がいるとすれば困る。自信過剰によってできもしない治療を無理して行うようなことがあれば怖い話である。しかしながらある程度経験を積めば自分の立ち位置は認識できるもので、難しいと思えば紹介してトラブルを避けたいとする心理が強く働くので、患者としてはそれほど心配する必要はない。ただし実力はないのにプライドだけ高い医師もごく稀にはいるので１００％安心というわけにはいかない。

面白いのは患者の望む医師像と、医師が目指す医師像に微妙な差があることである。患者の立場で望む医師像は、自分のかかった病気によって違ってくる。生死に関わるような病気であれば優しさは関係なく、実力のある医師を選ぶ。（１）の実力があって優しい医師が好ましいが、（２）の優しくはないが実力のある医師であってもかまわないと考えるだろう。（４）の実力もなく優しくもない医師は論外だが、（３）の優しくても実力のない医師も困る。特に外科治療の場合その傾向が顕著に表れる。

しかし慢性的な病気で、すぐには健康や生死に影響のない場合はだいぶ違ってくる。優しい医師を選ぶ傾向が高くなる。（１）か（３）であるが、ややこしい正論を押し付けない分（３）のグループの医師の方がよいと考える人もいるかもしれない。実力がないという言葉は便宜上使っただけで、診療ができないわけではない。実力が低いと言った方がよいのかもしれないが、いずれにしても通常レベルの診療はできる。最近は各種疾患でガイドラインが示されており、その情報は容易に手に入るので、診療レベルの差がなくなってきた。つまり医師であれば誰に診てもらっても大きな違いはないことになる。それであれば親切な医師の方がよいことになる。

それでは医師側の立場で目指す医師像はどうだろうか。もちろん個人差はあるが、優しさを目標にする医師はあまりいないのではないかと思う。優しさは人間性の問題であって、医師としての力量とは関係ないと考えるからである。そもそも優しさは努力して身につくものでもない。医師が目指すのは臨床医としての実力を身につけることである。つまり（1）か（2）であるが、必ずしも（1）であることを目指さない医師も多いと思う。

医師として想像上の理想はブラック・ジャックと大門未知子である。ブラックジャックは手塚治虫の漫画の主人公だが、法外な報酬を受け取ってどんな難病でも引き受ける。大門未知子はテレビドラマ『ドクターX』で米倉涼子が演じた外科医である。「わたし失敗しないので」のセリフで有名になった。どちらも自信の表明である。一度米倉涼子のように言ってみたいものだが、それができる医師は実際にはいない。

ただ数十年前にはそれに近いことを言う医者はいた。「わたしに任せておきなさい」である。医師が最良と考える治療を行って、その結果の責任は医師が負うという表明であるが、その頃は結果が悪くても実際に責任を問われることはあまりなかった。治らないのが普通であり、むしろ治ることが僥倖であると思われていたからである。

もちろん今の時代にはそのようなやり方は通らない。治るのが普通の時代であるから、結果が思わしくないとトラブルになることがある。それを避けるためにも治療の前に説明を尽くして納得してもらい、信頼を得ることが肝要である。そして様々な選択肢をわかりやすく説明して、患者と一緒に治療方針を決める方法が普通となった。

今後は良い医師の条件として（1）であることを要求される時代となってくる。さらにＡＩの進化によって診療技術の差がなくなってくると、求められる医師像は（2）よりも（3）にシフトするかもしれない。つまり優しいという要素が重視されるだろうことを我々医師も認識しなければならない。

目指すはブラック・ジャックや大門未知子ではなく「ドクターコトー」タイプの医師になるだろう。

薬の分類

病気の治療は大きく次の四つに分類される。手術療法、薬物療法、リハビリテーション、カウンセリングである。いずれの治療も大切であるが、どのような病気にも利用可能で、最も多くの人が受けているのは薬物療法である。医者にとって薬に関する知識は極めて重要であるが、一般の人にとっても薬の内服が必要となる事態はいつでも起こりうるわけで、ある程度の薬に関する知識は持っておく必要がある。

薬の分類法はいろいろあるが、ここでは効果と副作用の観点から分類を考えてみたいと思う。効果に関しては「効く薬」と「効かない薬」に分ける。副作用に関しては「副作用のない薬」と「副作用のある薬」に分ける。もちろんその程度は様々である。いずれもはっきり二つに分けることができる訳ではなく、連続的なものであって境界線上に位置するものもある。

組み合わせると四つになる。（1）効果があって、副作用のない薬、（2）効果はあるが副作用もある薬、（3）効果はないが副作用もない薬、（4）効果がなくて副作用がある薬。これが割り切り過ぎなのは承知の上である。どのグループに分類してよいか迷う薬もたくさんある。特に副作用は個人差が大きく、同じ薬がある人にはまったく副作用がないが、別の人には致命的な副作用が出ることもある。ということでこの分類は、実際にそれぞれの薬を分類して実用的に役立てるためではなく、薬の概念を大まかに理解するための便宜上の方法論であると考えていただきたい。

薬として理想的なのは（1）効果があって副作用のない薬である。これは積極的に使えばよい。最悪は（4）効果がなくて副作用のある薬であり、使ってはならない。（3）効果も副作用もない薬はどちらでもよい。お茶でも飲んだ方がマシかもしれないが、気休めにはなる。（2）効果はあるが副作用もある薬は、十分に存在価値のある薬だが注意して使わなければならない。さじ加減が最も難しく、専門家による慎重な利用が必要である。

日本では現在2万種類以上の薬が使われているが、上記の分類でそれぞれのグループが占める割合はどのくらいになるだろうか。さすがに（4）のグループはほとんどない。開発初期の頃の抗癌剤がこれに該当する。ただし最近は改良されかなりの効果が期待できるようになった。

それ以外の三つのグループでは、以前は（3）の効果も副作用もない薬の割合がやや多かったような気がするが、さすがに最近は（1）の効果があって副作用のない薬が増えてきた。（3）のグループの代表は認知症治療薬である。この数年でほぼ効果がないことがわかってきた。そのほか抗めまい薬、しびれ感に対するビタミン剤、脳循環改善剤などかある。このグループの薬は、よい薬が出てくればいずれ淘汰される運命にあるが、それまでは副作用がないという理由から惰性で使い続けられることが少なからずある。

（1）のグループには高血圧、脂質異常、糖尿病など生活習慣病治療薬、抗生物質、制酸薬など数多い。必要があれば内服することを躊躇しなくてもよい薬である。医師であれば誰が処方してもかまわない。

（2）のグループにはステロイド剤、抗血栓薬、向精神薬、リウマチ治療薬、抗パーキンソン薬、抗癌剤などが含まれる。医師の中でもその方面の専門家によって慎重に使うことが必要である。

どのグループの薬であっても投与を受けること自体は差し支えないが、自分の使っている薬がどのグループに属するのか認識しておくことは大切である。（4）のグループはできるだけ使うべきでない。（3）のグループのどうでもよい薬は、気休めにはなるので利用してもよいが、お金の無駄なので、できればやめた方がよいと思う。（1）のグループの理想的な薬は、ある程度の年齢（60歳程度）になれば積極的に内服すればよい。人間は遺伝子的には、いわゆる保証期間は60年程度と考えられる。それを過ぎたら電気製品と同じで何らかのメインテナンスが必要である。メインテナンスとはすなわち薬である。数十年前まではメインテナンスしようにも良い薬が少なかった。せっかく良い薬が比較的容易に手に入る時代に生きているのに利用しないのはもったいない話である。

（2）のグループの薬も必要がある場合は躊躇すべきではないが、ぜひ専門医にかかるべきである。専門医の管理の下、適切に利用すれば大いに健康維持に役立つ。

病気からの回復はあくまで生体の治癒力によってなされる。薬は医師にとっては病気と戦うための武器であり、病気の人にとっては治癒するための頼りになる援軍である。薬は積極的に利用すべきであるが、どのくらい頼れるのか、どんなときに足を引っ張ることがあるのか知っておくことが大切である。さらに自分に使われる薬が、その効果と副作用という観点からどの辺りに位置付けられているのか理解しておくことも必要である。その指針となるのが今回示した薬の分類である。

趣味・教育・文化

趣味の意義

中学校2年生に進級した最初の授業で、生徒全員が自己紹介をすることになった。一人ずつ教壇に立って、3分から5分間程度で自分のプロフィールを披露した。出身小学校や家族構成、得意なこと、所属するクラブ活動など様々な内容であったが、趣味について話す生徒も多かった。趣味で多かったのは、読書、映画鑑賞、音楽鑑賞、各種収集（コレクション）だったであろうか。特にその頃、記念切手の収集がちょっとしたブームになっていたので、切手のコレクションを趣味の一つに挙げる人も何人かいた。私もその一人だったような記憶がある。

最後に担任の先生が自己紹介されたが、その中にやはり趣味の話があった。他の内容は全部忘れたが、趣味の話は鮮明に覚えている。それを聞いて私の趣味に関する概念が大きく変わったからである。先生は、生徒が自己紹介のなかで挙げた趣味の多くに否定的な見解を示された。特に切手収集など単に物を集めるだけでは趣味とはいえないと手厳しく批判された。趣味とはもっと能動的で、達成するのに頑張りが必要なものである。買って集めるだけのことを趣味とはいわない。細かい言い回しは覚えていないが、このような内容だったと思う。

先生自身が長年続けている二つの趣味の話をされた。一つはロシア革命の研究で、古本屋で関連する本を見つけては買い込んでいるということであった。先生の専門は地理だったので、仕事とは関係なく純粋な趣味だったと思う。もう一つは登山で、特に冬山が好きということだった。毎年冬の比婆山に登ると言われたように記憶している。先生にとって趣味とは、生きていることの意味を実感できる大切な役目を持ったものであると考えておられたようである。

そのとき私は切手収集が趣味であると言ったことを少し恥ずかしく感じた覚えがある。それ以来趣味に対する考え方が大きく変わり、軽く考えていた趣味という言葉をずっと重く感じるようになった。すぐに現実生活で何が変わったわけではないが、深く記憶に残ったそのときの衝撃は、以後の人生に強い影響を持ち続け、生き方の指針の一つとなった。

今までに多くの趣味を試してみたが、今でも残っているのは、声楽、囲碁、登山、写真、エッセイを書くことの五つである。これら以外で一度でも試したことを順不同で挙げてみると、ゴルフ、テニス、野球、スケート、歴史の研究、数学、将棋、オセロ、チェス、パソコン組み立て、コンピューターグラフィック、ホームページ作成などがすぐに出てくる。

なお読書は趣味に入れない。読書は対話であり、他者の考え方や思想に触れる手段である。本を読むのは毎日会話することと同じで、誰もが生活の一部としてなすべきことであると思っている。

中学高校生の頃は数学に凝っていた。入門書からはじめてかなり専門的な本まで、本棚が一杯になるくらい数学の本を集めた。結局医学部に進んだが、高校2年生の頃まで数学科を受験しようかと迷った。

ゴルフも長い間プレーした。あまりにプレー費用が高いので20年くらい前から中断したが、最近だいぶ安くなっているという話を聞いたのでまたはじめるかもしれない。テニスも10年くらい続けただろうか。よい相手がいなくなっていつのまにかやめてしまった。

これらの趣味を試してみるにあたり、はっきりとした基準を意識したわけではないが、後で振り返ってみると共通点が見えてくる。今回それを整理して、「趣味とはどうあるべきか」という観点も含め私の考えを述べてみたいと思う。

まず大前提として趣味の重要度は仕事と同列であることを認識すべきだと思う。というよりそのくらい重要なことでなければ趣味とはいえない。趣味 vs 仕事ではなく、趣味の一つひとつと仕事が対等ということである。趣味が五つあれば仕事とあわせて六つになり、その場合人生の中での仕事の重要度は6分の1になる。

一般には仕事が第一であり、余裕があれば趣味でもと考える人が多い。つまり趣味は余暇にすることであり、仕事も一人前にできないうちから趣味などに時間を取られてはならないということである。もちろん仕事は経済的自立のために大切なことである。経済的自立がなければ生きてゆけないし、趣味をすることもままならない。

ただし経済的に自立していれば必ずしも仕事はしなくてもよい。例えば親から莫大な遺産を相続して十分な財産がある場合、所有する土地や建物の家賃収入があって、働かなくても十分暮らしていける場合は仕事は必要ない。そのような恵まれた人は滅多にいないだろうが、工夫によっては不可能ではない。65歳になれば十分とはいえないまでも年金があり、加えて恒常的な収入もしくはある程度の資産があれば趣味だけの生活も手の届く範囲である。一番困るのは、仕事をやめたときに楽しむべき趣味が何もない場合である。かくいう私は72歳の時点で趣味だけの生活ができるように準備はしている。思惑通り行くかどうかわからないが、そのときが楽しみである。

少し話がそれたが本論に戻ろう。趣味はどうあるべきかという話である。

第一に趣味は一生涯にわたって継続できることが好ましい。言い換えれば簡単に習得できないことがよいということである。最低でも10年間は継続しないと人並みのレベルに達しないことが目安であるが、一生かかっても極めることができないことであれば理想的である。その理由は、趣味に意義、楽しさを感じるのは上達する過程であり、あまりに早く達成してしまうと、それ以上続ける意味を失ってしまうからである。これが仕事と違う点である。仕事は報酬を得ることが主要な目的であるから、できるだけ早く一人前になる必要があるが、趣味はゆっくり進化すればよい。その方が長く楽しめる。

二番目に、達成すれば人に称賛され、認めてもらえることの方がよい。自分だけが満足できることでも悪くはないが、人間は他人に認められることによって、はじめて自分でも満足できるようにできている。人は一般的に、自分の興味、関心のあることしか称賛しない。つまりある程度多くの人が関心を持っていること、できればその道の専門家がいる領域であることが望ましい。これはその趣味がやりがいがあり、有用なことである証明にもなる。コツコツと気長に続ければ、いつの日かプロの水準にまで到達する可能性もある。

三番目はコストの問題である。仕事を頑張ればお金が入るが、趣味はやればやるほどお金が出ていく。あまり費用のかからないことがよい。人それぞれの経済事情によるが、極端に費用のかかることでは長く続けることが難しくなる。しかしある程度の費用は惜しむべきではない。費用を惜しんで何もしないのであれば本末転倒で、生きていく意義を失ってしまう。

以上3点を満たせばよいが、できれば文化系と運動系、つまり脳を使うことと体を使うことの両方あることが望ましい。それぞれ一人でできることと、複数の人で一緒にすることがあればもっとよい。そのうち少なくとも一つは、できるだけ若いうちにはじめることを勧める。いつはじめても決して遅くはないが、やはり年齢とともに上達の速度は落ちる。あまりに進歩がゆっくりだと、嫌になって離れてしまうこともありえる。

私の現在の趣味はこれらの条件をほぼ満たしていると思っている。全部の趣味を同時に継続しているわけではなく、気が進まなくなったら無理をせずに中断することにしている。長いときは数年以上休むこともある。その気になったら数か月にわたって熱中してしまう。そういえばゴルフは中断してもう20年になる。

趣味は余暇に行う単なる暇つぶしではなく、ストレス解消の手段でもない。人生における目標であり、生きていくための意味でもある。そのような趣味を持つことは、充実した人生を送るために大いに役立つことと考える。

ノーベル賞と教育制度

日本人の自然科学分野におけるノーベル賞受賞者数は2020年時点で22人である。国別ランキングでは、1位はアメリカ合衆国、2位はイギリス、3位ドイツ、4位フランスで、日本はそれに続く堂々の5位である。2000年以降に限ると日本はアメリカ合衆国に次ぐ2位である。アジア圏では他の国の追随を許さず、中国、インドがそれぞれ一人ずつで、韓国ではいまだに自然科学分野での受賞者は出ていない。

世界的にはこのランキングは日本の国力からみて当然といえる。他のアジア諸国との差も経済的、教育普及の格差を考えると納得できる。韓国、中国との差は少し不思議ではある。なぜなのかはっきりとした原因はわからない。日本人が人種的に特別優秀とは考えられないし、そもそも同じ人種である。人口あたりの研究費もむしろ中国、韓国の方が多い。文化や習慣、イデオロギーの違いで説明するのも無理のように思う。

どの国でも同じだが、教育制度、教育内容がその国の科学力に寄与しているのは間違いなく、特に高校生までの初等中等教育の内容が大きく影響する。欧米先進諸国と比較しても遜色ないノーベル賞受賞者の数から考えても、日本の初等中等教育は大筋で的を外していないことは確かだと思う。そこで日本の教育制度について考えてみたいと思う。

まず注目すべきことは、２０００年代になってからの日本のノーベル賞受賞者のほとんどが、初等中等教育を昭和40年代までに受けていることである。国の方針により昭和55年頃を境に初等中等教育の内容が変わったことはよく知られている。私は昭和34年に小学校に入学し、高校を卒業したのは昭和46年である。その頃は大雑把にいえば、できるだけ多くの知識を詰めこむことを重視し、競争によって勉強することを動機付ける理念のもとに学習指導要領が組まれていた。

昭和55年頃から、それまでのやり方はあまりに記憶偏重で受験のための詰めこみ教育であり、もっと考える力、問題を解決する力、創造力を育てる教育法を導入すべきであるという意見が出はじめた。歴史の年代をただ記憶するだけで何の意味があるのか、英語の単語をたくさん記憶しても、日常会話も満足にできないのでは意味がないなどという例を挙げての批判である。

さらに試験の点数により順位をつけることは過剰に競争心を煽り、精神面の成長に支障をきたすことが危惧されるという批判も見られるようになった。記憶量の重要性を主張する専門家もいたが少数派であった。このような意見も踏まえ、国の教育方針がいわゆる

「ゆとり教育」にシフトすることになる。記憶すべき知識量も大幅に少なくなった。その後、平成10年頃からは学力の低下が問題となってやや修正されたが、高校卒業までに記憶すべき知識の量は以前のレベルまでは戻っていない。

私は、十代はできるだけ多くの知識を蓄えるべき時代だと思っている。最も記憶力の高まる年代であり、この頃に覚えた知識は生涯にわたって役に立つ。問題を解決する能力、新しいものを創造する力、正しい判断力の基礎となる。知識量が多ければ多いほど豊かな発想につながる。自分の思想を確立するためには不断の勉強が必要だが、その基礎となるのがこの頃に蓄えた知識である。

十分な知識があれば必然的に自分で考えるようになる。「考え方」など教えてもらう必要はない。余計なお世話である。

私の場合は、例えば現在記憶している英単語の9割以上は、高校生時代、特に受験勉強で覚えたもので、これが大いに役立っている。丸暗記した歴史上の出来事の年号は歴史書を読むときにとても役に立つ。

「受験戦争」などというラベルを貼って受験勉強を否定的に捉える人も多いが、知識を増やす効率的な手段としてもっと前向きに考えるべきであろうと思う。受験勉強が様々な分野の知識を増やすことに大いに役立っていることは間違いない。1年間ひたすら集中して記憶に努めることができるのは10代後半だけである。それ以外の時期だと、記憶力の問題もあるが時間的な制約もあり難しい。この時期に得た知識が一生涯にわたって人間形成の基礎になる。その後の人生を決めるといっても過言ではないと思う。

記憶できる量に限界はない。中学、高校では、できる限り片っ端から何でも覚えればよい。その意味では受験科目は全ての大学が、英語、数学、理科、社会、国語の五教科全部を必須とするのがよいと思う。どんな知識が役立つかわからない。たとえ具体的に役に立つ機会がなかったとしても、その知識は教養となって、ひいては人間としての魅力となるはずである。

競争も大切である。社会に出れば競争を避けることはできない。そして常に勝ち続けることは不可能である。負けて大きな挫折を感じたときに立ち直る力は、初等中等教育時代に競争に負けるという小さな挫折経験の積み重ねにより培われる。その経験が乏しいと挫折に対する耐性がなくなる。

学校での競争で一般的なのはテストの成績で順位をつけることである。私の中学校、高校では成績に順位をつけ、成績表に記載されていたので、自分が何番かわかることになる。

得意になることもあったが、落ち込むことも何度かあった。そしてそれが普通だと思っていた。

最近の傾向としては、成績に順位をつけない学校が多いらしい。学校からできるだけ競争をなくし、勝者、敗者という概念を隠蔽することが正しい教育方針とされているのだろうか。競争という観点からすると、学校という共同体が、社会人となってから属する共同体で直面するであろう経験の模擬訓練ができる場でなくなった。

運動部に所属していればレギュラー争いという競争がある。競争原理の働いている部活で活動していればよいが、それがないと学校では競争にさらされる場がなくなる。小学校低学年の頃から他人と争うという経験が少ないため、競争の中に身を置く不安感からあえて競争を避けているのかもしれない。学生のうちはそれでも何とかなるが、一旦社会に出ればそういう訳にはいかない。次から次へと様々な形で出現する競争に対峙しなければならなくなる。

共同体内部における競争と、それによって生じる格差は、個人の能力を高め、ひいてはその集団全体の力を向上させることにより、社会の中で存続する可能性を高める。内部での競争のない共同体はいずれ消えてゆく。

年少の頃からの競争は、勝者になればよいが、負けて挫折した場合、落ちこぼれて集団での居場所を失ってしまうという弊害を指摘する意見がある。これはこれで対策は必要であろうが、だからといって伸びるはずの能力を邪魔してはならない。無理やり競争させる必要はないが、自然な流れのなかで生じる競争は容認すべきであろう。

現在の初等中等教育には、まだゆとり教育の弊害が残っているように思う。今後将来にわたって、科学分野での日本人ノーベル賞受賞者が今までどおり次々と輩出されるかどうか疑問である。当分は大丈夫そうだが、10年、20年の経過で漸減することが危惧される。

ただし勉強する人はどのような制度のもとでも、どのような状況でも勉強は続ける。しない人はどんなに恵まれた環境でも勉強はしない。教育ではなく、根気、努力、何事も諦めず継続する力など、日本人の潜在的な能力がノーベル賞受賞に寄与していると思いたい。

留学と英会話

もう40年近く前であるが、アメリカに脳腫瘍の研究目的で留学したことがある。2年間滞在したが、その間英語学校に週2回通っていた。外国人のためのパブリックスクールで授業料は無料であり、いろいろな国の人たちが学んでいた。初級、中級、上級コースに分かれており、どのコースにしようかと迷っていたところ、同じ研究施設の前任者が、初級、中級は簡単すぎるので上級にするのがよかろうとアドバイスしてくれた。その勧めに従って上級コースを選んだ。

私としては英会話の練習が目的であったが、他の国から来ている人は日常生活にはほぼ不自由ない程度に英会話ができており、どちらかというと文法の知識や日常ではあまり使わないような単語の意味を学ぶのが主な目的のようであった。そのためか授業内容は文法や単語の意味の詳しい解説が中心であった。日本人の私としては、会話は苦手でも文法だけは中学校、高等学校で叩き込まれているので、授業内容はやや物足りなかった。やめようかとも考えたが、当然その中で会話は交わすので、話す練習にはなると思って続けることにした。結局滞在した2年間は最後まで通った。会話の上達にどのくらい役に立ったのか今でもわからないが、様々な国の人たちと話をすることができ、それぞれの国の事情、民族による価値観の違い、考え方の違いを、直接肌で感じることができたのは大きな収穫だったと思っている。

多くの人のことは忘れたが、いまでも覚えている人が何人かいる。一番印象に残っているのはイランから来た中年の夫婦のことである。イラン革命の前は銀行の頭取だったが、革命後、王政側の富裕層ということで処刑されそうになり、陸路トルコ経由で逃げてアメリカに政治亡命したということであった。そのような事実があったということはニュースでは聞いてはいたが、現実に当事者を目の前にしたのはちょっとした衝撃であった。

アメリカ人の先生と生徒の間で、銃規制に関して議論になったことがあった。先生は銃所持に関して肯定的で、自分も新しく性能の良い銃を買うつもりであると言っていた。ほとんどの生徒は銃所持には反対で、アメリカ人の考え方は理解できない、銃の所持は警察に限るべきであるなど英語で流暢に持論を展開していた。私も発言したかったが、英会話能力の限界で自分の思いを言語化できず、ただみんなの意見を感心して聞くばかりだった。

ただ文法の話になると得意分野である。仮定法過去についての講義のとき、日本では英語の教科書に載っている例文の定番「もし私が鳥ならば……」の英文を使った問題を出された。動詞の部分が「」で空白になっており、何を入れるかという問題である。If I「were」a bird,……であり、正解はwereということになる。日本の受験生なら常識である。ところが他の生徒の多くはwasと答えた。amと答えた人もいた。驚いたのは先生もwasを正解としたことであった。そこで異論を唱えると、先生はちょっとびっくりしたような顔をして説明してくれた。先生の説明は、厳密に言えばwereが正しいが、今では多くのアメリカ人は日常会話ではwasを使っているということだった。両方とも正解であると付け加えられた。びっくりした顔は、「会話も満足にできないくせに、文法だけはやたらと詳しいのに驚いた」といったところだろうか。

元々英会話が堪能な人は別だが、大抵の人は留学が決まったら、個人レッスンなどを受けて英会話の練習をするらしい。私の場合は、留学が決まって渡米するまでの期間は4か月くらいあったが、直前に脳神経外科の専門医試験があり、その勉強で時間を取られて英会話の練習ができなかった。そのため渡米したばかりの頃はヒアリングも難しく、何かと困ることが多かった。3か月くらいするとだいぶ慣れてきて、半年くらいで日常会話にはそれほど困らなくはなった。研究留学の場合は会話の機会は少なく、滞在するだけで英会話が上達するわけではないということも聞いていたので、そういう意味では、週に2回通った英語教室が役に立ったのかもしれない。

2年間滞在して帰国する頃には、普通の雑談程度であれば不自由することはなくなったが、様々なテーマで自由に議論するまでには程遠かった。

同じ地域で付き合いのあった日本人で、ストレスなく英語で議論できていた人は、4、5年以上滞在していた方であった。やはりそのくらい現地で過ごさないと自由に英語を使いこなすことは難しいのだろうと思った。

一方、同僚や知り合いの医師で、留学した最初の頃からストレスなく会話ができていた人も何人か知っている。今思えばその人たちは学生の頃から相当に努力していた。数人で研修旅行に行って宿泊したとき、我々が麻雀をして遊んでいるあいだ、その人は英語の本を持ち出して勉強していたような記憶もある。あとで思えば感心するし羨ましくもある。自分ももっと早くから本腰を入れて勉強しておけばよかったと思ったものである。

帰国したときにそれを思い出した。今からでも遅くはない。流暢な会話とまではとてもいえないが、せっかく手に入れた英会話能力である。帰国してからもその英会話能力を維持し、さらに上達できたらと考え、プライベートレッスンを受けて英語の雑誌も購読した。しかし実際に使う機会がほとんどないため、やる気を維持することが難しく、いつのまにかやめてしまった。

やはり英語を使う機会、動機がなければ継続は難しい。継続しないと次第に話せなくなり、今はまったく自信がない。もっともこれは私だけではなく、英語を使う機会の少ない日本人は英会話を苦手としている人が多い。英語を中学、高校と6年間習って会話ができないような教育は間違っているという意見もある。

しかし私は、英会話ができないのは日本の英語教育が悪いからだとは思っていない。そもそも日本人が英会話を苦手としているのは、言語構造が異なるからである。ただしこれは努力次第で克服できる。努力していない人にかぎって、英会話もできないような教育など意味がないと批判する傾向がある。言語構造の異なる第二言語が、学校の授業で習うだけで話せるようになると思っていること自体が大きな間違いである。会話に習熟しようと思ったら、それなりの努力が必要である。英語教育の最大の目的は、英語の構造を理解し、読めるようになることである。そこまでできていれば、会話は本人の努力次第である。

といってもそれほど大変な努力を必要とするわけではない。中学校、高等学校の6年間で習う英語の基礎と語彙数がきちんと頭に入っていれば、その気になれば会話は比較的短期間で身につけることができる。簡単な日常会話程度であれば、3か月も現地で生活すれば不自由ない程度には喋れるようになる。さらに1年も暮らせばかなり込み入った議論もできるようになるだろう。その逆は難しい。基礎がなければ、何年海外にいても読み書きはできない。

海外旅行で買い物をすることや、レストランで注文する程度なら、行く前に即席で勉強すれば事足りる。最近はスマホの翻訳ソフトの性能が向上したので、これを使えば大抵のことは困らないような気がする。

日本の英語教育は小手先で目先の成果にとらわれることなく、従来行われてきたような、文法を基本として言語構造の理解を第一義とした教育を行うのが本筋と思う。読解力を鍛え、語彙を増やすことに重点を置くべきであろう。その意味では英語教師は英会話ができる必要はなく、学問としての英語学を教えることができれば十分であるともいえる。

ファッション

ファッションに対する関心度は、男性にくらべて女性の方が圧倒的に高いというのが一般的な認識である。もちろん個人差はあるが、20歳を超えてファッションに関心のない女性は、希少とまではいわないが少数派であることは間違いないと思う。ファッションセンスがあるかどうかはまた別問題だが、大方はそれなりに違和感のない服装になっている。私が見ても、ちょっとどうかと感じる服装センスの人もなくはないが、一応気を使っているという雰囲気はわかる。

それに対して、男性の場合は仕事上の必要性から一応見苦しくない程度に服装を整えることはあっても、ふだんはファッションには無頓着な人も珍しくない。かくいう私も若い頃は服装にはまったく関心がなかった。中学校、高校は制服だし、大学も医学部でほとんどが男性だったこともあり、服装はどうでもよかった。たまに女子大学と合コンもあったが、そのときだけオシャレをするのも同級生にからかわれそうで気が乗らなかった。そもそも服を買う余分なお金もなかった。

卒業して医師になったとき、夏、冬用のスーツを1着ずつ揃えたが、仕事中は白衣だし、着るのは学会に参加するときくらいだった。ちょっとした会合にはこのスーツを着てゆけばよかった。そのうちジャケットも着るようになったが、同系統の色で無難にまとめ、その頃の写真を見てもとてもセンスが良いとはいえない。どちらかというとダサいといった方が当たっている。

私が服装に関心がなかったのは父親の影響があったのかもしれない。父親は口癖のように「服装で格好をつける必要があるのは詐欺師だけだ。まともな人間なら外見は気にしない」と言っていた。それを知ってか、母親は自分の服ばかり買って、父親の服は申しわけ程度に、忘れた頃に買ってくるだけであった。父親の服を1着買ってきたときには、自分の服はすでに20~30着は買っていた。父親はいつも同じようなよれよれの服を着て十分満足そうだった。

ファッションに対する無関心が変化しはじめたのは中年以降で、50歳を過ぎた頃だったように思う。若い頃は若さ自体で輝ける。若いということで許される面がある。これは女性も同じであるが、年齢を重ねるにしたがって外見が大切になる。状況にふさわしい服装を厳しく求められるようになる。

人は人物を評価するとき、まずは見た目で判断する。少なくとも初対面では見かけが重要である。偶然出会った場合は別であるが、会う予定があった場合、それなりの服装を整えて臨むべきであり、それによって相手をどのくらい尊重しているかがわかる。女性には化粧をせずに人前に出るのは失礼であるという考えを持っている人が多い。服装に関しても同じことがいえるのではないかと思う。

ということでファッションにも関心を持つようにして、周囲の人の服装にも注意を向けるよう心がけてみた。自分のセンスのなさはよく自覚していたので、人の意見も積極的に取り入れることにした。まず妻の意見を聞いてみたところ、即座に、「地味すぎる」と言われた。それまではどちらかというと、上下とも茶系統で確かに地味だった。枯れ木のような色合いで、壁を背にしたら壁紙の色に溶け込んで存在が分からなくなるなどと、ひどいことを言われた。そこまで言わなくてもよいのではと思ったが、素直に聞くことにして、とりあえずシャツやセーターを赤系統にしてみた。これがうまくマッチしてやや華やかな雰囲気になり、壁からもぬけ出すことができた。

服を買うときも店員さんの意見をしっかり聞くようにした。みなさんさすがに服飾の専門家で、よいアドバイスをもらえることもある。ジャケットとズボンを合わすときは、コントラストをはっきりつけた方が洒落ていると教わったことは今でも印象に残っている。

それまでは上下同系統の色がよいと思っていたのだが逆だった。白っぽいズボンであれば紺のジャケット、暗色系のズボンであればベージュの明るい感じのジャケットといった具合である。いまもその言いつけを守って、明暗のコントラストで合わせている。

流行の傾向も教えてもらえる。流行を追うわけではないが、あまりに古いデザインだとやはり浮き上がってしまう。私はどちらかというと実用主義で、見た目より着心地を重視するタイプだが、あまりに流行から外れるのは避けた方がよいと思っている。

もちろん服装は時と場合によって変えなければならない。当たり前であるが、その状況にふさわしい服装にすることが肝要である。女性は大変そうであるが、それを楽しんでいるようでもある。男性の場合はよくわからなければダークスーツにしておけば無難なので楽である。フォーマルな会ではもちろんであるが、かなりカジュアルな飲み会などでも、少し違和感はあるかもしれないがダークスーツがだめではない。タキシードなど礼服を着る機会は、近い親族の結婚式か文化勲章をもらうときくらいだが滅多にないだろう。

私はセミフォーマルでスーツが一般的な会合のときも、ジャケットを選ぶことがある。どうも同じような黒っぽいスーツが一面に並んでいるのを見ると、その色彩感に乏しい眺めが、ファッションに目覚めた人間にとっては許せない気分になってくるのである。自分一人だけでも少し色を入れたくなる。

医学関係の学会はほとんどの人がダークスーツで参加するが、私はややカラフルなジャケットを着る。少し人目が気になるが、時々同じような人もいるのでほっとする。フォーマルな会でもジャケットを着たいが、まだそこまで勇気がない。

それぞれの状況に応じた適切な服装を知っておくことは大切である。カジュアルからフォーマルまで段階をつけるとして、それぞれ常識的な範囲があり、それを知っておくということである。具体的に言えば、Tシャツとジーンズが最もカジュアル、モーニング、タキシードが最もフォーマルとして、その間で選択するということになる。平均的なところを着てゆけば無難であるが、私はそれを少し外すのが好きである。学会で多くの人がスーツのときに、ジャケットを着るのがその例である。人からどのように見られているか定かではないが、それほど違和感はないだろうと楽観的に考えている。

私の理想は、異質ではあるが違和感がない、ちょっとズレてはいるがセンスがある、常識的ではないが知性を感じるといったところだろうか。大事なのは常識を知った上でそれを外すことである。結果的に同じ行動でも、知ってするのと、知らないのではだいぶ違う。知ってするのであれば良いか悪いかは別にしても自分の選択である。

身なりを整えるのは、人からどのように見られるかという問題ではあるが、自分自身の気持ちにも影響があるように思う。きちっとした服装をしていると何となく自信もわいてくるし、身が引き締まるような気がしてくるから不思議である。

考えてみれば全ての動物の中で、服を着るのは人間だけである。最近は服を着た犬を時々見かけるが、あまり嬉しそうではない。飼い主が自分の好みで着させているだけで、これもやはり人間の行為である。有史以来、多分もっと以前、人間が服を着はじめたときから、ファッションを楽しむという感覚は本能的にあったのかもしれない。

たかがファッションと言うなかれ。女性にとっては言わずもがなかもしれない。男性は、私の父親のように、ファッションに関心を持つのを潔しとしない人もいるようである。父は大正12年生まれで、青春時代は戦前戦後を生きた人であるから、時代背景を考えると仕方ないのかもしれないが、今は昭和、平成を越えた令和の時代である。堂々とファッションについて語ってもよいのではないだろうか。

仕事と趣味

人は10歳代後半から20歳代前半にかけて、人生における最も重要な岐路に立つ。多くの人はこの頃に自分の将来の進む道を決めるが、その中で仕事に何を選ぶかは最重要課題である。希望の職業につくことができる人もいれば、妥協せざるをえない場合もある。最近はアルバイトをしながら決断を先延ばしにする人も増えているようだが、はっきり決めないまでも、ある程度の方向性は頭の中に持っているのが普通である。

仕事につく一番の目的は収入を得ることである。生活するために必要十分な収入が確保できている状態を経済的自立という。経済的自立は人間社会の中で生きていく上で必要なあらゆる活動の基盤である。何かをしようとすれば必ずといってよいほどお金が必要となる。経済的に自立できず誰かに依存した状態だと、思い通りに行動することが制限される。自分の生き方に、他人の思惑で干渉されることをある程度許容しなくてはならなくなる。つまり経済的に親に依存している子供のときのように、自由が制約されることになる。自由に生きるためには経済的自立が必須である。

ただし経済的に自立できても、人間はそれだけで満足できるわけではない。十分なお金があって自由に使うことができても、単に一時的な気晴らしや遊興に使うだけでは不全感が残るだけである。しばらくは楽しく幸福を感じるかもしれないが、この幸福感は長続きしない。これは、脳は同じ刺激を受け続けると、その刺激に反応しなくなるという特性があるからである。これを馴化という。例えば、毎日高級料理店の料理を食べ続けると、最初の感激が次第に弱まってくる現象である。毎日が同じことの単調な繰り返しだと、充実した生であるという実感がなくなり、新たな刺激を求めるようになる。成功した芸能人の中にその例がある。莫大な収入を日々の楽しみに使うが、次第に普通の刺激では満足できなくなり、その究極は麻薬ということになる。

人生を充実したものとするためには、経済的自立を前提としてさらにもう一つ重要な要件がある。それは自分が何か有益なことをしている、人のために役に立っているという実感である。

アメリカで活躍したハンガリー出身の心理学者チクセントミハイは、その著書『フロー体験・喜びの現象学』のなかで、人間が最も幸福、充実を感じるのは価値のある目標を持ち、それを達成するための過程にいるときであると述べている。このとき、少しずつ自分が進歩しているのがわかり、その成果が刻々と実感できることが大切であるといっている。

経済的自立への準備と、価値のある目標を持つことが、20歳前後の人生の岐路に立ったときに誰もがなすべき課題であるということができる。

仕事の中に達成すべき目標があれば、そのような仕事を持つことができる人は幸運である。まさに一石二鳥で、収入を得ることと人生の目標を持つことを同時に達成できるからである。つまり、やりたいことをしてお金を稼ぐことができる状態である。ただしこれが実現できる人は少なく、多くの人はあまりやりたくはないけれどお金を稼げる仕事を選ぶか、収入は安定しないけれどやりたい道を仕事として選ぶかの選択を迫られる。もちろんこれは程度の問題で、やりたくないといっても、絶対に嫌なことから、あまり気が進まないという程度、一番やりたいことではないなどいろいろなレベルがあると思う。お金を稼ぐといっても、人並みの収入でよいと考えるのか、それ以上の収入を求めるのか、人それぞれである。いずれにしても、どのあたりで妥協するかということも含めて、決断するのは20歳前後の時期であることは誰もが認めることであろう。

お金を稼ぐためには、自分にできること、自分の得意な分野を仕事として選択する方が有利である。さらに、その分野で一定以上の収入を得るための競争率が高すぎないことも必要である。人並み以上に能力を発揮できる仕事をうまく選ぶことができれば、収入を増やすチャンスも高くなる。

一方で、得意な分野を選んでみたものの、一生涯の仕事にするほどには好きでない場合は悩みが生じる。いつまでたっても道を誤ったのではないかとの後悔がつきまとう可能性がある。悩んだ末、好きな道への転職を決める人もいる。

得意で好きなことではあるが、競争率が高く、簡単に一定以上のレベルになれない場合も迷いが大きい。例えばプロ野球やサッカーの選手、芸術家、囲碁や将棋の棋士などである。その道だけである程度の収入を得ることができるのはごく一部の人である。少しくらい才能があっても厳しい現実が待っている。

できることを仕事にするのか、やりたいことを仕事にするのか。その道一筋と迷うことなく決めている人もいるが、多くの人は一度はこの問題で悩むはずである。どちらが自分の人生をより満足のゆくものにできるのか。どちらを選べば人生を充実したものにできるのか。普通はやりたいことを仕事にする方が満足度が高いと考えがちである。たとえ収入が多くてもあまり好きでもないことを一生続けるのは、苦痛とまではいえなくても満足できないと考える人は多いと思う。しかし、本当にそうなのか。

人間はやりたいこと、好きなことをするときに幸福、満足を感じるが、実はもう一つ幸福、満足を感じる状況がある。それは自分の能力や業績を評価されて認められるときである。自分が認められることへの欲求は人間に根源的に備わった特性で、これは人間が社会的動物であることと関連がある。

人間は進化の初期から集団を作り、それを維持することで生き延びてきた動物である。集団を維持するためには、所属する一人ひとりが個の欲求はある程度抑えて、集団のために行動する必要がある。集団のために行動する動機は、他のメンバーに認められ、評価されることである。認められて、良い評価を受けたときの幸福感が集団のために行動する原動力となる。人間の脳は、進化の過程で他人に認められることが快感となるようにプログラムされたといえる。

つまり、人間はやりたいこと好きなことをしてそれを達成したときの個としての幸福感と、自分の行動や能力を評価されたときの社会的存在としての幸福感の両方があって、はじめて生が本当に充実するということである。

仕事で両方を兼ねることができれば、それはそれで差し支えないのだが、必ずしも最良とは限らない。二つを分離する方がよいこともある。つまり、できることを仕事にして、やりたいことは趣味という位置付けにするわけである。こちらの方が現実的で成功する確率が高い。

趣味を、仕事にくらべて軽く見る人もいる。単なる遊び、時間潰しなどのレッテルを貼って、まずは仕事が大切で趣味は時間があればその後と考える人も少なくない。そのような生き方を否定するものではないが、人生を豊かに生きるという観点からはやや疑問に感じる。趣味だからといっていい加減に考えるとか、真剣に取り組んでいないというわけではない。仕事にくらべて決して価値の低いことではない。一生かけても極めることができないことも数多い。

一口に趣味といっても多岐にわたっている。私がすぐに思いうかぶのは、絵画、写真、書道、音楽などの芸術、テニス、ゴルフ、水泳、野球をはじめとするスポーツの数々、囲碁、将棋、チェスなどのボードゲーム、登山、旅行などである。そのほか何でも趣味になりえる。仕事以外で取り組みたいことがあれば、それがすなわちその人の趣味ということになる。

趣味への取り組み方には二つある。能動的な取り組みと、受動的な取り組みである。例えば絵画についていえば、絵を描くのは能動的で、絵を鑑賞するのが受動的である。音楽を演奏するのが能動的で、聴くのが受動的である。囲碁、将棋、登山などは能動的な関わり方しかないが、多くの趣味は両方の取り組み方がある。

趣味を能動的に取り組むのと、受動的に関わることに優劣があるわけではない。例えば音楽を演奏する方が、聴くだけより趣味として上位というわけではない。ただし達成感があるのは能動的な取り組みであろう。やはり最低一つは能動的に取り組む趣味があるとよい。もちろん異なる分野の複数の趣味があれば理想的である。簡単にできることだと長続きせず、達成感も低い。10年以上、場合によっては30年以上かけてようやく習得できるような趣味、一生かかっても習熟が難しい趣味を地道にコツコツ続けることが大切と思う。趣味を始めるのに何歳でも遅すぎることはないが、できれば人生の早いうちにはじめるのが望ましい。

自分の進路、仕事を決める頃に、すでに趣味があればそれを継続すればよい。仕事にしようと思っていたけれど、その道で収入を得る自信がなくて諦めたことを趣味として続けるのもよいかもしれない。長く続けていれば、いずれ専門家をもしのぐ実績を残すことも不可能ではない。もしそのような趣味がなければ、早いうちにいろいろ試してみればよい。いずれ自分に合った、長く続けることのできる趣味に巡りあうはずである。

仕事は収入を確保して経済的に自立する意味で極めて大切なことで、決しておろそかにはできないが、必ずしも人生の中心に据えるものではない。少なくとも仕事であるという理由だけで優先すべきと考えてはならない。仕事一筋はそれでよいのだが、人間の幅を狭める傾向があるので注意しなくてはならない。

青年期から壮年期にかけて、実際には仕事に費やす時間が多くなるのは当然のことだが、気分としては仕事と趣味をフィフティー・フィフティーくらいに位置付けておくのがよいのではないかと思う。

読書の効用

日本の書籍の売り上げは、1996年をピークに年々減少しており、2019年は紙媒体と電子媒体を合わせても1兆5400億円であった。1996年の売り上げは2兆6千億円だったので、ピーク時の約6割ということになる。電子書籍の売り上げは増加しているが、紙媒体の書籍の減少を補うには程遠いようだ。出版業界の経営も厳しい状況であると思われるが、街の書店が次々と閉店していることからもそれを実感できる。

本を通販で購入する人が増えたこともあり、書店の経営状態はますます悪化している。広島市内の中規模書店はほとんど倒産した。生き残っているのはデパートの一つの階を全部占める規模の大手の書店のみである。広島では、紀伊国屋書店がアクア広島センター街、フタバ図書が元天満屋ビル、ジュンク堂が福屋広島駅前店で営業している。この3店はいつ行っても、客はそこそこ入っているので、経営的には当分は大丈夫そうであり、少し安心している。大手書店までなくなってしまうと、私の大切な楽しみが一つ減ってしまうことになるからである。

本が売れなくなった原因はいくつかあるが、何といっても本を読む人が少なくなった影響が大きいのだと思う。高齢になって本を読む量が減ったという話をよく聞く。理由を聞いてみると、目が見えにくくなった、気力が続かなくなったという人が多い。若い人も本をあまり読まなくなったらしい。理由はよくわからないが、読書以外の娯楽が増えたことと、必要な知識はインターネット経由で取得できるようになったことが影響しているのであろうか。

デジタル書籍の利用が増えているようであるが、本当の読書好きの人は紙の書籍にこだわる傾向があるように思う。実は10年くらい前に電子書籍を試したことがある。機器は文庫本くらいの大きさで、これ一つあれば何冊でも持ち運べるので便利なのだが、しばらく使ってみていくつかの欠点に気づいた。

まず目が疲れやすいことである。短い時間であれば問題ないのだが、30分以上になると、しばらく休まないと読めなくなる。それほど疲れない人もいるようなので、決定的な欠点ではない。次に何らかの事情で少し前のページに戻ろうと思ったとき、素早く目的のページを見つけることができないことである。紙の本とくらべてわずかに時間がかかる。小説では問題ないが、少し込み入った内容の本の場合、頻繁にページを戻りながら読むので、わずかな時間ではあるが相当に気になる。何よりも決定的なのは線が引けないことであった。私は小説以外の本で2回目に読むときは、大切と思ったところに赤い線を引く習慣があるので、線が引けないことには妥協できなかった。これらのことで電子書籍は3か月でやめてしまった。ただし、現在は電子書籍も線を引くことができるらしい。線が引けるのならもう一度試してもよいかと思っている。

紙媒体の本の欠点はかさばることである。本が増えてくると保管場所を考えなくてはならない。書斎に高さ180センチ、幅100センチの本棚を四つまで置くことができた。一杯になって、机の上に本が積み上がりはじめたので、リビングルームに二つ追加した。それも2年くらいで一杯になり、廊下に本棚を置くことを提案したところ、妻の猛反対にあい、いらない本は捨てることを逆に提案された。話し合った結果、妥協して寝室にもう一つ買うことになった。とりあえずひと安心であるが時間の問題かもしれない。

あと持ち運ぶときの重さである。3冊までなら問題ないが、それ以上になると持ち歩くのがやや負担になる。私は基本的に5冊の本を鞄に入れている。その理由は、本を読む目的が大きく分けて五つあるからである。五つの分野に分類されると言い換えることもできる。いつどの分野の本が読みたくなっても対応できるように、それぞれ1冊ずつ計5冊持ち歩いているわけである。

五つの分野とは次のようになる。まずは小説である。これはエンターテインメントの要素が強い。映画を観ることに近いであろうか。二番目は実用書で、仕事や趣味の技術的な向上を目的とする。医学書、文章の書き方、声楽の発声法、登山技術などである。三番目は哲学の分野でいう存在論に関連する内容の本である。人間の生きる世界での物事や現象の存在の本質、意味は何かといった疑問に答えてくれ、理解する上での助けになる。哲学、脳科学、経済学、宇宙物理学などである。四番目はやはり哲学でいう当為論である。これはどのように生きるべきか、どのように考えるべきかといった内容である。哲学、人生論、文学作品の一部がこれに属する。五番目は歴史書である。学術的な論文とまではいかないが、一般の人向けに書かれた歴史全集を読んでいる。歴史小説もここに含まれる。

これらの分野から1冊ずつ選んで持ち運ぶ。旅行に行くときも必ず持っていく。実際に読むのは1冊に満たないが、持っているだけで安心感がある。妻に言わせると中毒だそうである。

中毒ではないと思うが、かなり依存していることは確かである。しかし決して悪い依存ではなく、生きていく上で大いに助けになっていることは間違いない。まずどうでもよいことからいうと、退屈することがなくなる。読む本さえあれば、一日中部屋に閉じこもっていても大丈夫である。

もっと本質的なことでいえば、読書は様々な人の考え方、知識、思想に触れることができる。直接会って話のできる人は限られている。本を読むということは、古今東西のあらゆる人と対話するということである。自分と同じような考え方もあれば、まったく逆の考え方もある。何といっても自分の発想にない新鮮な考え方に出会ったときの驚きと感動は、本を読むことをやめられなくなる最大の理由である。そのような考え方に触れたとき、自分の閉鎖的な世界から一歩抜け出すきっかけになることもある。人生観を変えるインパクトがある。人は、性格は変わらないが考え方は変えることができる。私も本によって、考え方が劇的に変わったことが何回かある。人生観が変わったともいえる。多くの場合、その都度生き方が楽になった。

本を読むことは知的活動を実践するための源泉である。自分の人格を形成し、誰のものでもない自分独自の哲学を持つための素材である。考えるためのヒントも本から得ることができる。それよりも何よりも、読書自体が楽しい。まったく余計なお世話ではあるが、最近の若い人が本を読まなくなったとしたら残念なことである。

私としてはこれからもせっせと本を買い続け、出版文化に貢献しようと思っている。読むのが追いつかなくなりつつあるが、あればいつかは読む。寝室の書棚もいずれいっぱいになる。妻には内緒であるがそろそろ次なる本棚の置き場所を考えている。

日本の漫画文化

小学校のころからコミック（漫画）が好きだった。コミック好きは大人になってからも続いており、今でもよく読む。それ以外の本もよく読んだが、コミックはまったく別物と認識していたように思う。コミックに近いのは、実は活字の本ではなく映画である。コミックを台本にしてそのまま実写化すれば、簡単に映画になる作品もある。日本のコミックは、映画文化に匹敵するクオリティーがあるにもかかわらず、映画にくらべ芸術性において低くみられているのは、どうも納得がいかないと前々から思っていた。

ただ映画にもさまざまなレベルがあるように、コミックの質もさまざまである。良質なコミックは芸術ともいえる。少なくとも映画に劣るとは思えない。ただし文学作品や小説とは異なる。文学作品や小説では人物の心理は当然ながらすべて文字言語によって描写されるが、コミックでは画像による表情と会話言語による。これは映画も同じである。数多くの日本文学、外国文学作品、小説を読んだが、人間の心理描写に関しては、文学作品、小説の方が優っているといわざるをえない。だからといってコミックが芸術として劣っているというわけではない。というよりその価値を同じ土俵でくらべることに無理がある。

先に述べたように、異なるジャンルの芸術と考えるべきであろう。

コミックは通常雑誌に掲載される。一回読み切りも多いが、連続もので数年にわたって続く作品もある。そのような作品は、数回分ずつまとめて単行本として発行される。30年以上続いている超ロングセラーもあり、その中で私がすぐ思いつくのは、『ゴルゴ13』と『ガラスの仮面』である。

ゴルゴ13はさいとう・たかを氏の原作・漫画で、主人公は依頼された仕事は確実に実行するスナイパーである。この作品が長く続いているのは、リアリティーのある政治問題や時事問題、時に歴史問題を題材にしていることにあるのだと思う。名目上の主人公であるゴルゴ13は脇役で、毎回違う本当の主人公が設定されており、その主人公にはさまざまな人生、物語がある。漫画にしては文字が多く、やや冗長気味だが、じっくり読んでみるとなかなか勉強にもなる。

ガラスの仮面は美内すずえ氏の作品で、演劇界の話である。才能はあるが素人同然の主人公「北島マヤ」が、数々の逆境を乗り越えて舞台女優として成長してゆくいわゆる出世物語である。成長物語といった方がいいかもしれない。１９７５年に連載がはじまって40年以上になるがまだ完結していない。

話は少しずれるが、日本人は出世物語が好きである。日本人だけではなく、どこの国の人もきっと好きに違いないと思う。そうでもない人もいるだろうが、少なくとも私は大好きである。その世界に入り込んで、自分自身が出世、成長しているように感じる。出世物語を好む傾向は、スポーツの国際大会で自国の選手が良い成績を収めたときや、ファンであるスポーツチームが勝ったときの快感と類似したものかもしれない。そのときも自分がチームの一員になって一緒にプレーしているような感覚が生じる。これは脳のミラーニューロンの機能で、人間に本来備わった特性である。

代表的な出世物語は「太閤記」であろうか。吉川英治、山岡荘八、司馬遼太郎が時代小説として描いている。何度も映画化されたし、NHK大河ドラマにもなった。魅力的な題材であり、人気のある証しである。

コミックでも出世物語・成長物語は人気がある。このタイプはスポーツ漫画に多い。例えば『スラムダンク』である。体力と喧嘩には自信があるが、バスケットボール未経験の主人公「桜木花道」は、憧れの同級生の女の子に誘われ、バスケットボール部に入部する。持ち前の体力を生かし、破天荒で根拠のない自信も幸いして、メキメキと上達するという流れである。作者の井上雄彦氏はバスケットボールに造詣が深く、読み進んでいるうちに自然とバスケットボールのルール、見方や面白さがわかってくる。

鳥山明氏の『ドラゴンボール』も出世物語・成長物語である。地球人の老人に育てられたサイヤ星人の子供が戦いの中で強く成長してゆくという話で、真剣さの中に独特のユーモアが散りばめられており、子供向けに書かれているが、大人が読んでも十分楽しめる。

そういえば、コミックではないが、大ヒットしたコンピューターゲームの『ドラゴンクエスト』も出世物語・成長物語である。これはロールプレイングゲームであり、自分が主人公となってゲームを進めていくので、ついついその世界に没頭してしまう。キャラクターデザインは、ドラゴンボールの鳥山明氏が担当している。

スポーツ漫画では根性物も面白い。梶原一騎原作の『巨人の星』『空手バカ一代』などその代表である。巨人の星は肩を痛めて巨人軍を退団した「星一徹」が、息子の「星飛雄馬」を幼少の頃から鍛えあげて、巨人軍への入団を果たすというストーリーで、全身の筋肉を鍛えるための大リーグボール養成ギブスがちょっとした話題になった。空手バカ一代は極真会空手の創始者「大山倍達」の半生の物語で、空手界で孤立する中、自分の信念を最後まで曲げることのなかった人物像を描いている。

SF、アクションもコミックの得意のジャンルである。岩明均氏の『寄生獣』、かわぐちかいじ氏の『ジパング』、村上もとか氏の『ＪＩＮ－仁－』などが印象に残っている。寄生獣は異生物が人間の体の中に侵入してその人格を乗っ取ってしまうという、ＳＦ映画の定番ストーリーである。実際にテレビドラマとして実写化された。実写版もよくできていた。ジパング、ＪＩＮはこれまたＳＦの定番、タイムスリップである。ジパングは海上自衛隊のイージス艦が第二次世界大戦時の太平洋に、ＪＩＮは脳神経外科医である「南方仁」が幕末の江戸時代に時空を超えて移動するところからはじまる。現代の技術、知識や機械をもった人間が、過去に現れたとしたらどのようなことが起こるのか、誰もが一度は空想にふけったことのある面白いテーマである。

最近テレビドラマ『アシガール』という女子高校生が戦国時代にタイムスリップするドラマを観た。足軽になって憧れの殿様を助けるという内容で、これも森本梢子氏原作のコミックを実写化したものだそうである。

森本梢子氏といえばコミック『研修医なな子』の作者である。医学生時代から研修医を終えるまでの主人公「杉坂なな子」の医学研修生活を面白おかしく描いた作品で、よく取材されており、まったくその通りと肯ける内容である。このような医学ものも多い。手塚治虫の『ブラック・ジャック』は有名であるが、医者の目から見るとリアリティーに乏しく、あまり良い作品とは思えない。

　手塚治虫は日本漫画界のパイオニアであり、ブラック・ジャックはさほどでもないが、素晴らしい作品を数多く残している。私がとくに印象に残っているのは『アドルフに告ぐ』と『きりひと讃歌』である。映画でいえばヒューマンドラマというジャンルになるのだろうか。重いテーマに挑戦した他に類を見ない作品である。

　人間ドラマや恋愛を扱った作品としては何といっても弘兼憲史氏の『黄昏流星群』『人間交差点』である。『島耕作シリーズ』もある。徹底して人生の機微を追求して、数多くの物語がロングセラーとなっている。最近コンビニの書籍コーナーにもよく並んでいる。恋愛ものではやや古いが『同棲時代』が記憶に残っている。大学時代の同級生がこの話が好きで、掲載された雑誌を集めてその部分だけを切り取って、単行本のように綴じていたのを思い出す。そのうち読ませてもらおうと思っていたが実現しなかった。今でも気になっている。

　音楽関係は難しいと思っていたが、その先入観が覆されたのが『のだめカンタービレ』であった。実はこれを知ったのは、テレビドラマを観たのが最初で、あとでコミックを実写化したものだと知った。テレビでは音楽が流れたが、コミックでは当然ながら音は出ない。にもかかわらず、ストーリーとして完成したものとなっていることには少し驚いた。

それ以外にも挙げておきたい作品が山ほどあるが、きりがないのでこの辺にしておく。私が知らない優れた作品も数知れないと思う。このようなコミック（漫画）は、日本の文化であるといわれるが、私は文化というよりも芸術というべきであろうと考えている。

コミック（漫画）は子供を対象としたもので、大人が読むものではないなどと軽く見ている人もいる。そういう人に限って、実際には読まずに先入観だけで判断している。さらにろくに本も読まない人が多い。本と映画の好きな人の多くはコミックも好きである。コミックだけしか読まないのも片手落ちだが、様々な芸術に触れるという意味でも、ぜひ多くの人にコミック（漫画）文化を楽しんでほしいものである。

ユーチューブ

ＹｏｕＴｕｂｅは世界最大の動画投稿サイトであり、２００５年にＹｏｕＴｕｂｅ社によってインターネット世界に導入されたのがはじまりである。２００６年にはＧＡＦＡの一角であるＧｏｏｇｌｅ社によって買収された。Ｇｏｏｇｌｅ社はインターネットの検索サイトを事業の中心としているが、その他数々のインターネット関連事業を行っており、買収を機に動画配信サービスに乗り出した。というより動画配信サービスを行うために買収した。

ＹｏｕＴｕｂｅは誰でも無料で動画を視聴、投稿できるシステムで、現在全世界で1日40億回の動画の再生、1分間に５００時間の動画の投稿が行われているという。ありとあらゆる分野の動画が視聴できるが、音楽関係の動画も多く、聴けない音楽はないといっても過言ではない。

ＹｏｕＴｕｂｅに投稿した動画に人気が出て視聴者数や再生時間が一定以上に達すると、その動画に広告を掲載して広告収入を得ることが可能となる。その他いくつかの手段でＹｏｕＴｕｂｅを利用して収益を挙げることもできるが、いずれもある程度の視聴者数の獲得が必要条件である。これらを利用して相当額の収入を得ている人達もいて、ＹｏｕＴｕｂｅｒと呼ばれている。ちなみにＹｏｕＴｕｂｅｒは子供が将来つきたい仕事の第一位だそうである。

しかし一般の人にとっては、ＹｏｕＴｕｂｅは収益もないかわりに、視聴、投稿ともに利用は基本的に無料であり、これが利用者が増えた理由の一つとなっているようである。さすがにＧＡＦＡの一角はやることが大きい。とても日本企業には真似ができないであろう。

私もＹｏｕＴｕｂｅはしばしば利用しているが、主に音楽の視聴であった。動画を投稿することなど思ってもみなかったが、このたびある事情により動画を投稿することになった。新型コロナウイルスに少し関係がある。これは次のような事情である。

広島県合唱連盟主催で、毎年1月に声楽アンサンブルコンテストが行われている。私は男声声楽アンサンブルのメンバーとして音楽活動を行っており、そのコンテストには毎年参加している。グループ名はスターボーイズといって地域ではちょっと有名である。例年は30団体以上が一堂に集まって朝から夕方まで演奏し、審査が行われて受賞団体が決まるが、今回は新型コロナウイルス蔓延のため、予選を録画審査で行うことに決まった。録画審査でまず10団体を選び、それらの団体だけが後日会場に集まって本戦で演奏するという企画になった。そのために録画して、動画をアップロードすることになったわけである。

そこで演奏を録画してYouTubeにアップロードすることにした。YouTubeへの動画のアップロードは経験がなかったので少し心配したが、インターネットで調べてやってみたところ、意外や簡単にアップロードできた。まったくの杞憂であった。

まずYouTubeに登録する必要があるが、Google・IDがあればそれを利用してログインし、簡単な登録をすれば自分のチャンネルができる。そのあとは簡単で、動画をチャンネルの動画アップロード領域にドラッグするだけである。動画は一般的なものであれば、ほとんどのファイル形式に対応している。それまで近付き難い印象を持っていたが、一気に親しみやすいツールとなって手の中に飛び込んできた感じであった。

これをきっかけにスターボーイズの演奏した過去の動画を編集して投稿することにした。1か月で40本の動画を投稿した。投稿は無料で、多くの人に聴いてもらえる可能性もある。こんなよいシステムならもっと早く利用すればよかったと少し後悔した。

これだけ利用が容易であれば、YouTubeが一気に動画配信の世界標準のシステムになったこともうなずける。技術的にも容易だし、経済的にもほとんど費用が掛からず誰でも容易に手が出せる。それと動画を投稿してわかったことだが、音声だけCDで聴くのと、動画で演奏する姿を見ながら聴くのでは、同じ音源でも印象というか脳が受ける感じがかなり違う。音声だけでなく演奏者の姿があると、聴覚刺激と視覚刺激が同時に脳に入力されることとなり、聴覚刺激だけのときとくらべ、感情脳にあたえるインパクトが強くなる。演奏者の想いや熱意が伝わりやすくなり、聴く側もその演奏に感情移入して、自然と一緒に楽しめるようになる。

音声以外の要素の影響が最も顕著なのは、もちろん演奏会場での生演奏である。ポップスやロックのコンサートでは、観客も一緒になって演奏会を作るのが前提なので言わずもがなである。聴衆がみんな最後まで座って静かに聴いていたのではライブの意味がない。ZARDのコンサートに行ったとき、最後は客席みんなが立ち上がってライトを振っていた。私は座ったまま聞いていたところ、一緒に行っていた妻に「しらけてないで、少しは会場の雰囲気に合わせなさい」と言われたことがある。クラッシック音楽のコンサートで最後まで座って聴く習慣が染み付いているので気はすすまなかったが、仕方がないので渋々立ち上がってライトを振った。

クラッシック音楽のコンサートでも、演奏会場で聴く演奏は、自宅でCDを聴くのにくらべて受ける感銘の度合いが違う。会場の緊張感がそのような気分にさせる。他の大勢の観客と音楽の時間を共有しているという感覚も湧いてくる。演奏者の熱気や息遣いもわかることがある。

動画もなかなかよい。演奏会場の生演奏のように熱気や息遣いまで肌に感じるというわけにはいかないとしても、演奏者の動きを見ていると、音楽の中により入り込みやすくなる。こちらも自然と音楽に合わせて体が動くこともある。少なくともオーケストラではどの楽器が音を出しているかはっきりわかるし、コーラスではどのパートが歌っているかつかみやすい。

以前は、音楽なので音さえあれば画像は関係ないと思っていたが、最近は演奏や歌う姿も音楽の一部であると考えるようになってきた。ビデオカメラの性能や操作性の向上と低価格化により、簡単に動画が作成できるようになった。さらにＹｏｕＴｕｂｅにより容易に配信が可能となり、今後は動画による情報発信がますます活発になってくると思う。これはもちろん音楽だけの話ではなく、様々な分野でも同じことがいえる。必ずしも時代の潮流に乗る必要はないが、有力な自己表現の方法の一つであることは理解しておくべきであろうと思う。

政治・経済・社会

福祉制度

国家の果たすべき最も重要で普遍的な役割は、（1）国防、外交と（2）司法、治安の維持である。この二つさえ満たせば一応国家の体をなす。さらにすべての国民が衣食住に困らない通常レベル以上の生活を送るためには、（3）福祉政策の充実が重要である。この三つの機能を果たすために（4）徴税が必要となる。これら四つが国家の果たすべき役割であり、それ以外の大抵のことは民間に委ねた方が効率もよくなるし成果も上がる。例えば教育である。これは国家が関与する必要はない。私立の学校だけで十分である。経済的理由で十分な教育を受けることができない子供には、国家が補助金を出せばよい。交通や物流、郵便も民間の仕事である。というか日本ではすでにそうなっている。医療も運営は民間でよい。国家は必要に応じて、足りない分のお金さえ出せばよい。市場原理が働くものはすべて民間に委ねるべきである。

国防と司法は市場原理になじまないので、どうしても国家の手で行わざるをえない。福祉は民間でも部分的にはできそうだが、やはり基本的には国家が担うべきであろう。この三つの中で制度の構築が一番難しいのは福祉である。国防と司法に関しては、実務的には様々な難しい問題があるにしても、方針の策定はさほど難しくはない。国防は予算の許す限度で、できるだけ強力な軍隊を作ればよい。司法制度は時代に合う適切な法律を作って、それを守るように管理すればよい。先進の民主主義国家であればどの国も似たような法律になる。

福祉制度に関しては、どの領域にどの程度の予算を使うのが適切なのかを決めるのが難しい。これについては国家間でかなり考え方が違っている。十分な福祉予算を確保しようと思えば税金を増やす必要がある。税負担を軽くすれば、他の予算を削るにしても福祉予算にも影響することは避けられない。

北欧諸国は福祉を重視する方向に向かっている。スウェーデン、フィンランド、ノルウェー、デンマーク、アイスランドの福祉政策の充実ぶりは世界的に見ても群を抜いている。医療、教育は無料であり、一定年齢になれば平均レベルの生活を維持するのに十分な年金を国家より受け取ることができる。そのかわり税金は高い。収入の55%~75%を税金として支払っている。高負担、高福祉ということである。ちなみに日本における国民の税負担は平均37%程度である。

一方アメリカ合衆国は福祉には消極的である。民主党と共和党ではやや温度差があり、民主党はある程度の福祉政策は必要と考えるが、共和党は福祉を最小限にすることを目指している。教育は有料であり、医療保険制度は民間に委ねられている。民主党のオバマ政権で国民皆保険制度の提案がなされたが、共和党の反対によって実現しなかった。低負担、低福祉である。

福祉は基本的には所得の再配分であるが、その度合いを高める方向性を持った政策が北欧型である。その究極は共産主義であるが、最大の欠点は仕事をする意欲を喪失することである。一方で再配分の程度を低くする方向性がアメリカ型である。働く意欲は高くなるが、欠点は所得格差が広がることである。格差が限度を超えると社会不安から犯罪の増加につながる。

日本はその中間である。税金は高額ではないが、その分福祉も中途半端である。代表的な福祉政策としては、年金、生活保護、障害者福祉、児童手当などが挙げられる。これらは単独では普通の暮らしをするにも十分とはいえない。生活保護費は、かろうじて生きていけるだけの最低限の額とされているが、ほとんどの人の年金はそれよりも低い額である。収入が年金しかない場合、生活保護の方が生活は楽になる。障害者年金についても同じである。

それでは年金は放棄して生活保護を受ければよいかというと、もちろんそんなことはない。生活保護の最大の欠点は、働いて幾分かの収入を得たら、その分生活保護費が減額されることである。現在平均的な生活保護費は単身の場合住居手当を含め13万円程度である。母子家庭だと20万円弱になる。働いて10万円の収入を得たとすれば、単身者の場合支給される生活保護費は3万円、母子家庭では10万円にまで減額される。つまり働いても働かなくても収入は同じである。働く意義は収入だけではないとはいえ、これでは勤労意欲が大いに削がれてしまうのが普通であろう。さらに、ある程度以上の可処分資産があると支給を受けることができない。昔はカラーテレビや自動車を所有することも禁止だった。さすがに現在はそのようなことはないが、高額な持ち家は不可である。

年金も一定以上の収入があると支給額が減額となるが、一定以上の収入額とは1か月30万円以上であり、それに該当する人はごく一部である。とはいえこれも年金制度の問題点の一つで、高齢者が仕事をやめる、もしくは働く時間を制限する動機の一つとなりうる。働いて少しくらい収入を増やすよりも、年金を満額もらう方が得と考える人が多いということである。

さらに福祉制度の問題点は、誰かに支給するためには、誰かからそれと同じ金額を徴収しなければならないということである。もちろんその金額を直接徴収するわけではなく、税金という形での間接的な徴収であるが、いずれにしても余分な負担増であることに変わりはない。支払う側からすれば、他人である誰かのために働いているということになる。アメリカの共和党はこれを個人の財産権侵害であると主張しているわけである。

高齢者の年金制度を支えているのは若い現役世代であり、生活保護、障害者福祉を支えているのは働く納税者である。この仕組みは福祉制度がはじまって以来ずっと変わっていなかった。今この構図が変わろうとしている。社会構造の変化と技術革新により、今までの概念は福祉制度構築に際し適応できなくなってきた。社会構造の変化とは、少子化と平均寿命の延長による人口構成の変化であり、年金を支える世代が相対的に減少するということである。このままでは、現在の年金制度が維持できなくなるということで、国は少子化を何とかしたいと考えてはいる。しかし現状を見ると、とても本気でその対策を考えているとは思えない。

しかし私はそれでよいと思っている。少子化の原因はいろいろあると思うが、女性の社会進出が進んだこと、限られた資源、収入は自分の人生のために使いたいという考え方へのシフトが根底にあり、時代の流れでもある。子供一人を育てるのには莫大な労力と費用が必要である。そのエネルギーを自分の人生を充実させるために使うことは決して悪いことではなく、もっと肯定的に認められるべきであろう。この潮流を無理やり捻じ曲げようとするのは、賢いやり方とは思えない。少子化を前提に政策を考えるべきである。

技術革新とはＡＩ＋ロボット技術の進歩である。近い将来、人間の行ってきた仕事の多くがＡＩ＋ロボットによって代替えすることができるようになる。その結果、多くの人が仕事を失う可能性がある。というよりも仕事をしなくてもよくなる。それにもかかわらず生産性は低下しないと考えられる。ロボットが人間の代わりにものを作ってくれるからである。つまり、福祉のために誰かが働かなければならないという仕組みが必要なくなるわけである。

そうなると福祉の仕組みを根本的に見直さなければならない。基本的な考え方としては、仕事を失った人や引退して収入のなくなった人には、一定額の給付を保証することである。生活保護制度のように、収入を得たらその分減額される制度では就労意欲をなくすのでよくない。働いて得た収入は、税引き後はそのまま自分のものとなり、給付分を合わせて所得になるのであれば、働く意欲も出ようというものである。さらに、できるだけ支給する基準を単純にするのが好ましい。

さて、これらの条件を満たす福祉制度となると何であろうか。いろいろ考え方はあると思うが、私としてはベーシックインカムをベースにして、福祉制度を構築するのが最もよいのではないかと考えている。

次の章ではベーシックインカムについて述べてみたいと思う。

ベーシックインカム

ベーシックインカムは、（1）すべての国民に、（2）無条件に、（3）生涯にわたって、一定の金額を支給する福祉政策である。今までに短期の社会実験の例はあるが、本格的に実施した国はない。しかし最近この制度を導入しようという意図を示す国が出はじめてきた。それは社会構造が急速に変化し、従来の制度では対応できなくなったためである。何らかの変革が必要である。多くの人が納得できる制度構築は難しいが、その中で注目されているのがベーシックインカム制度である。従来の制度に替えるわけであるから、生活保護制度や年金制度、児童手当など現在の制度による支給はそのほとんどが段階的になくなることになる。

最初にあげた三つの条件はすべて重要で必須であり、例外を作ってはならない。（1）のすべての国民とは文字通りであるが、支給対象が個人であり、家族単位ではないことは押さえておかねばならない。遅くとも義務教育が終わる頃には、個人の口座に振り込むようにして、親であっても勝手に使えないようにしなければならない。すべての国民の中に、一定期間以上日本に在住する外国人を含めるかどうかは議論の余地がある。外国人を含めると、発展途上国からの来日が増え、国内資産の流出につながる。外国人を含めないと、国内在住外国人の貧困による生活困窮者を発生させ、本来の目的を達成できないことになる。

（2）の無条件とは、収入に関係なく支給するということである。就労能力があるかどうかも関係ない。働いていようが、寝たきりであろうが、とにかく生きていさえすれば支給を受けることができる。

（3）の生涯にわたっては、一番大切で本質的な要件である。必ずしも生涯同じ金額でなくてもよいが、生まれた瞬間から死ぬときまで何らかの決まった金額の支給を受ける権利があることが、生きていく上での経済的な安心感につながるからである。

支給する金額も重要な論点になるが、これは流動的であってよい。年齢によって多少の差をつけることも差し支えはない。ただし一度決めたら簡単には変えるべきではない。金額も法律で決めておき、変更には法改正が必要な程度には固定しておく必要がある。

支給額は、なんとか生命が維持できる金額以上でなければならない。ただし人間として文化的な生活ができる額までは求めない。そして当たり前であるが、将来にわたって財政的に支給可能な金額でなければいずれ制度自体が破綻してしまう。

では具体的にはどの程度の金額になるのか。その時点の物価によって変動するとして、現時点では月額7〜8万円くらいが妥当のように思う。これは国民年金の額と同程度である。

もちろんこの金額だけでは普通の生活は難しい。ということは、ある程度満足のいく生活をしようと思ったら働かなくてはならない。働いて幾ばくかの収入を上乗せする必要がある。5万円くらい稼げば生活保護受給者なみになる。10万円の収入が上乗せできれば、余裕はないかもしれないがなんとか文化的な生活は可能であろう。しかし今まででありば17〜18万円稼がなければならなかったところが、10万円ですむようになるわけである。精神的にもかなり余裕ができるはずである。もちろん健康上の問題など、何らかの理由で働くことができない場合は上乗せする必要がある。

過去にベーシックインカム制度を採用した国がないのは何故なのか。それは、この制度には実現するために乗り越えなければならない問題点がいくつもあるからである。というより解決困難と考えられていたからである。今後この制度を取り入れようと考えているのはなぜなのか。それは今までの制度にはない大きな利点があるからであるが、もう一つは、AIの進化により、人間のすべき仕事が少なくなって、今まで通りの経済活動を前提にした福祉制度が適応できなくなると予想されるからである。ただしこれについてはさまざまな異論がある。

ベーシックインカムの発想自体は古く、長い歴史があって、その中で様々な利点、欠点が指摘され議論されてきた。まず利点についての主張にはどのようなものがあるのだろうか。

第一はどのような状況になっても一定の収入があるという安心感を持つことができることである。その金額だけでは生活ができないとしても、ゼロから生活できる収入までを稼ぐのと、一定の金額が保証されてその上乗せだけでよい状況とでは、負担感はかなり違う。働いて収入を得ても支給額が減ることがないのは生活保護と違う点で、就労意欲を削ぐことがない。さらに、最低限の生活をするために働いて得なければならない額が少なくて済むということは、職種の選択の幅が広がり、嫌な仕事をしなくてもすむ可能性が高くなる。収入は少なくても、自分のやりたい仕事で十分ということになれば、つきたくない仕事を避けるという選択肢が出てくる。働かなければならない時間が短縮できれば、その時間を自分の本当にやりたいことに使う余裕ができて、人生をより充実したものにできる可能性も高くなるだろう。

我々が感じる生活上の不安とは、突き詰めていえば健康と経済につきる。ベーシックインカムによって多少なりとも経済的な不安が軽くなれば、貯蓄の必要度が低くなり、その分消費に回って経済の活性化の一助となる。実際、福祉制度の充実している北欧諸国では、貯蓄額は日本にくらべて圧倒的に低いといわれている。ただしこれは高率な税負担のため貯蓄の余裕がないためかもしれないので、どちらがよいか軽々には判断すべきではないかもしれない。

二番目に少子化対策になることである。ベーシックインカムはすべての個人に同額の支給があるので、一人では7万円としても、4人家族なら28万円になる。一般的に一緒に暮らす人数が多くなるほど一人当たりの経費は少なくて済むので、家族の数が増えれば経済的に余裕ができる。そのためだけに子供を増やそうとは思わないだろうが、経済的理由で子供の数を制限しなければならない状況を回避する助けにはなるはずである。

三番目の利点としては、すべての国民に一定額の給付であるから、事務手続きが簡素になることである。生活保護費のように給付条件に適合しているかの審査も必要ないし、年金のように支給金額の計算もいらない。支払うべき人に支払わない、またその逆のミスもなくなる。それらに費やす手続きの負担は膨大であり、この手続きが省略できるだけで人件費は相当に節約できるだろう。

四番目は、支給を受けるのはすべての国民に共通の権利であることから、お金を受け取ることに不合理な抵抗感がなくなることである。生活保護費の場合は、仕事をせず自分だけがお金を受け取ることに抵抗を感じる人も少なくないようである。時に罪悪感を持つ人もあるという。そのために、生活保護はどんなに困窮しても受けないという人もいるらしい。ここまで深刻に考えることはないようにも思うが、いずれにしてもこのような精神的抵抗感がなくなる。

次に欠点、問題点である。第一にあげられるのは、働かなくても収入があるとなると、多くの人は働く意欲をなくすというものである。働く人がいなくなるのでないかと危惧する人もいる。しかしながらその心配は杞憂であると思う。なぜなら1か月7万円ではまともな文化的な生活はできないからである。働いてある程度は上乗せしないと、最低限の生活さえ不可能ではないとはいえ簡単ではない。

さらに人間はそもそも何もしないで満足できるようにはできていない。自分が何らかの形で誰かの役に立っている、社会のために少しでも有用なことをしているという実感がないと満足ができない動物なのである。金持ちになっても仕事を辞めない人が結構な数いるのはそれが理由である。

二番目は、費用がかかりすぎるというものである。確かに財源をどこで調達するかは大きな問題である。もし月7万円を支給するとしたら、100兆円程度の財源が必要となる。財源としては税金と国債ということになる。増税は避けられないが、どの程度増税すればよいかはさまざまなケースを想定して計算しなければならない。しかし専門家による試算では、決して非現実的な税額にはならないということである。私の試算では、消費税を欧州並みの20%に、所得税は今の1・5倍程度まで引き上げ、累進性も高めることが必要と思う。

三番目は、富裕層にまで同じように支給するのは問題であるという主張である。しかしここで勘違いがあるのは、この制度の下では皆同じように収入が増えると思われていることである。実際はその逆で、この制度を導入すると貧困層は収入が増えるが、富裕層は今より収入が減ることになるのである。中間層はあまり変わらない。その理由は次の通りである。ベーシックインカムの財源となる税収のうち、所得税は累進性を高めることになるので、富裕層は増税分が支給額より多くなるため所得は減少する。貧困層は税負担より支給額の方が多いため所得は増えることになる。中間層は支給された金額と近い増税となるため所得に大きな変化はないことになる。つまりベーシックインカムは所得再配分の意味があるわけである。

それでは富裕層にとってはメリットがないかといえば、決してそのようなことはない。富裕層といってもその程度は様々だが、少しくらいお金があってもいつ貧困層に転落するかわからないのが人生である。そのときにベーシックインカムが支えになることは大いにありえる話である。

さらに欠点というほどではないが、これから年金を受ける人にとっては、場合によって本来受け取るはずであった額よりかなり少なくなるケースが出てくる。厚生年金を掛けている場合、年金額は概算で月15万円くらいになるはずである。ベーシックインカムになるともらえる額が半分になる。このような人たちからは不満が出ると思う。確かに多額の掛け金を長年にわたって支払ってきたわけであるから、その分を取り戻したいと考える気持ちは理解できる。やはり段階的に移行していくしかないように思う。

以上、メリット、デメリットを挙げてみたが、実はそれ以前の問題として、近い将来人間のすべき仕事がＡＩ＋ロボットに相当奪われてしまうという事態を考えなくてはならない。２０４５年には、ほとんどすべての領域でＡＩが人間の能力を凌駕するといわれている。いわゆるシンギュラリティーである。おそらくその頃から急激に仕事を失う人が増えてくると考えられる。というより人が働く必要がなくなる。そうなるとその人たちの収入を何らかの方法で確保しなければならないが、結局は国による社会保障制度しかない。その中で最も有力なのがベーシックインカム制度である。

仕事がまったくない場合、7万円では到底暮らせないので、支給額は増やす必要がある。GDPがそれなりに維持できれば、それまで就労して稼いでいた額くらいまでは支給できるはずである。今までと異なるのは格差が小さくなり、極端な貧困層や富裕層が消えることであろうか。

社会保障システムは突然変えることはできないので、段階的に徐々に変えていかなければならない。移行期間は数十年が必要である。現在まさにその転換点である。そろそろ考えはじめなければ間に合わなくなる。

今世紀の後半には、今とはまったく違う社会システムになっていると予想される。これから生まれる人たちはそのシステムの中で暮らすことになるはずである。私たちの年代は幸か不幸か関係なさそうである。そういう世界で生きてみたいような気はするが、垣間見るくらいの方が無難かもしれない。生きるためには働かなくてはならないという、人類の長い歴史の鉄則を体現する最後の世代であることを幸運と思っている。

医師の働き方改革

２０１９年４月から働き方改革法案が施行された。過剰な超過勤務による過労死が問題視され制定されたものである。この法案では残業時間の制限と、規定の有給休暇を与える義務が雇用者に課せられる。残業時間は年間３６０時間、１か月45時間を超えてはならないとされている。平均すると１日２時間程度である。有給休暇の日数は勤続年数によって異なるが、年間10日以上の有給休暇がある場合は、従業員が権利を全部放棄することは認められず、最低５日間は必ず休まなければならない。これらの規定は、労働者の健康を守ること、精神的なストレスを緩和することが第一の目的である。仕事以外で、人生を豊かに生きるために自分の時間を使うようにうながす意図もあるのだと思う。

これはすべての職種が対象であるが、例外がある。その一つが医師である。同じ医療職でも医師以外は法律の対象であり、過剰な残業時間は認められない。医師も超過勤務は無制限というわけではなく、年間時間外労働は９６０時間まで、１か月１００時間未満、三次救急病院など地域医療に欠かせない病院は例外的に１８６０時間までとなっている。研修医も１８６０時間まで許可される。１８６０時間となるとほぼ無制限と同じである。しかも一般の職種から5年遅れて施行されることになっている。

これは医師の就労時間が制限されると、国民の健康が十分に守れなくなることが危惧されるためである。医師は過労で倒れてもよいから、国民の健康を守れということである。そこまでは思っていないだろうが、医師の過剰労働が見て見ぬ振り状態であることも否めない。

もちろんすべての医師が過剰な超過勤務を行っているわけではない。年間960時間の時間外勤務を行っているのは一部の医師であって、多くの医師は他の職種と同じ程度の勤務時間か、むしろ少ない場合もある。

それでは実際医師の勤務時間の現状はどのようになっているのだろうか。病院勤務医の40%が960時間以上、10%が2000時間以上の時間外労働を行っている。1・6%は年間2880時間を超えているらしい。ただしこれは勤務医の話であって、開業医は時間外はあったとしてもごく短時間である。勤務医でも病院によっては、時間外勤務のほとんどない医師も多い。つまり医師によってその勤務時間には極端な差があるわけである。さらに医師ごとに専門性の違い、役割の違いがあり、他の医師の役割を簡単に代行することができないことも、特定の医師の勤務時間が長くなってしまう原因となっている。ただしこれは医療界だけが特別というわけではなく、他の業種も同じであろう。

残業時間を年間360時間、1か月45時間以下に制限することを医師に適用できないのは、医師の数の絶対的な不足が原因と思われがちだが、実は本質的な理由は医師の偏在にある。偏在とは普通は働いている地域の差のことであるが、その他に専門性、診療科の偏在があり、同じ地域でも病院間の医師数の不均衡がある。このために特定の医師に仕事が集中し、過剰労働になる。

それでは医師自身は過剰な超過勤務をどのように考えているのだろうか。もちろん人それぞれで、そのときの年齢によっても違うが、同じような傾向はある。考え方に最も影響をおよぼすのは、年齢、医師になってからの年数であるように思う。専攻した診療科も関連があるかもしれない。他人のことは本音ではわからないが、自分の歩んだ道を振り返ってみると、やはりそのときの年齢によって受ける影響は大きかった。

私は24歳で医学部を卒業して、最初の2年間は大学病院で研修し、その後さらに2年間市中の総合病院に勤務した。その頃は、仕事というよりも知識、技術の習得という意味あいが大きく、長時間働くことは嫌ではないどころかむしろ歓迎であった。

30歳代のころは少し仕事ができるようになって、研修医の頃とは別の意味で忙しくなったが、医師になることを決めたときからそういうものだと思っていたこともあり、別に不満もなかった。そのころは、24時間連絡が取れるようにほぼ拘束状態であったが、脳神経外科という急患の多い科を選んだのは自分であり、その覚悟もあったのでさして不自由とも感じなかった。

40歳代になると体力的にやや負担感が出てきた。当直勤務が苦痛となり、可能であれば免除して欲しかったが、義務感でなんとか続けた。24時間拘束も仕方ないと受け入れていたが、限界も感じるようになった。

50歳代になって、体力的にはもう少し頑張れそうではあったが、このまま仕事一筋の人生もつまらないと思うようになった。それで51歳のとき病院を退職して脳神経外科の診療所を開業した。開業してからは時間外の手術や当直からは解放されて、休みも自由に取れるようになった。仕事以外にやりたかったことがいろいろとできるようになったので、結果的にはよかったと思っている。

以上は私個人の経験であって、人それぞれ異なる点もあると思うが、大きな流れとしては同じように考えている医師が多いのではないかと思っている。若いころは働く時間が長いほど早く技術の習得ができて勉強にもなるので、積極的に時間外の勤務を求める傾向がある。中堅になると仕事もできるようになり、働くことに充実感があるので、長時間の勤務をあえて求めるわけではないが、あまり苦にもならない。ベテランの時期になると、人によっては長く働くことが苦痛になる。医師の場合、比較的容易に勤める医療機関を変わることが可能なので、長時間の労働が嫌になった人は転職すればよい。変わらない人は超過勤務がそれほど苦痛と感じていないことになる。

つまり、いつの年齢でも自由度が大きく、強制的に時間外勤務をさせられているという感覚のない医師がほとんどであると思う。

ということで、医師の健康のことを心配して超過勤務の制限を法的に定めるという意図であれば、そこまで心配していただかなくても結構ですと考える医師は多いと思う。働きたければ働くし、そうでなければ別の道を探すだけのことである。

とはいっても過重労働の問題点は、働く当人の健康だけではなく、仕事上のミスが周囲に及ぼす影響という問題がある。医療の場合は医療事故による患者への被害に直結する。働く医師が納得の上での超過勤務であったとしても、あまりに過剰な時間外勤務は避けるべきである。どの程度の時間外勤務を許容するか。これを決めるのは管理者の義務である。

管理者としても難しいところで、一定時間以上の勤務を禁止して医師の数が足りなくなって診療に支障をきたした場合どのようにするのか。どちらも困るが、かといってすぐに解決するよい方法はなさそうである。

誰でも考えつくのは医師の数を増やすことであるが、それでは必ずしも解決しない。例えばある病気のエキスパートになろうとするなら、その病気の治療を数多く経験しなければならない。その病気の患者の数が限られているとすれば、多くの患者の治療を経験できる医師の数は限定されるので、医師の数がいくら多くてもエキスパートの数は増えないことになる。特に外科手術の場合に典型的である。結局そのエキスパートの医師に患者が集中し、その医師が過重労働となる。程度の差はあってもすべての病気で同じような構図ができあがる。医師の数だけを増やしても、暇な医師が増えるだけのことになりかねない。

それではどうすればよいか。これぞ決定版という案は出せないが、一つは診療以外の医師の仕事をできるだけ削減することである。例えば各種診断書の作成などは事務や医療秘書が十分にできるはずである。現在医師以外行ってはならないとされている医療行為の一部を、看護師、薬剤師などの職種も行えるように法改正を含めて制度設計を見直すことも考慮すべきであろう。

病院の統廃合も考えてもよいかもしれない。人員を集中することにより、業務を効率化する考え方である。例えば病院が二つあれば当直も二人必要だが、一つに統合すれば一人で済むということである。ただこれは簡単ではなく、思惑通り運ぶかどうか予測できない。逆効果にもなりかねないので慎重に考えなければならない。

晩婚と未婚

江戸時代までの平均的な結婚年齢は、女性は10歳代後半、男性は20歳前後だったらしい。当時は結婚の年齢に制約はなく、法律で結婚可能な年齢が制定されたのは明治になってからである。そのとき決められた年齢は現在も続いており、ご存知のように、女性16歳、男性18歳である。16歳といえば高校1年生で、現在の感覚では若すぎるが、制定当時の一般的な結婚年齢を考慮されたものと思う。

平均結婚年齢は次第に高くなり、1970年には男性26・9歳、女性24・2歳、現在（2020年）は男性31・1歳、女性29・4歳となった。10年に1歳程度のペースで高年齢化している。2015年の統計では、25〜29歳の未婚率は男性72・5％、女性61・0％である。これを晩婚化と称している。別に晩婚化が悪いわけではないが、少子化につながることが危惧されている。

昔は初産は10歳代後半が普通であった。多くの女性は20歳代、遅くても30歳代前半までには出産を終えていた。この状態は明治の頃まで続いていたが、そのことから人間の女性の出産に適した年齢は生物学的には20±5歳と推測される。医学的にも妥当な線であろうと考えられている。

晩婚化に伴って出産年齢も高くなってきた。これはもちろん女性の身体の変化ではなく、社会構造や制度の変化によるものである。昭和の中頃から女性の大学進学率が上昇し、卒業したら就職して働くことが普通となった。必然的に出産は高年齢化する。それはそれでよいのだが、母体にはやや無理がかかることも否めない。不妊率も高くなり、出生数も少なくなる。実際現在日本では一人の女性が生涯に産む子供の数は1・4人になった。

このままだと少子高齢化、人口減少は避けられない。私は個人的には、子供の数が減ろうが、高齢者が増えようが、人口減少の時代になろうが、何ら問題ではないと思っているが、将来のGDP、国力の低下、福祉制度の破綻などを危惧する意見も多い。しかしながら近年の社会構造の変化は時代の流れの必然である。もとに戻ることはできないし、ねじ曲げることにも無理がある。自然の流れに沿って前向きに対策を考えるべきだと思う。

少子高齢化の次に問題視されているのが婚姻率の低下である。結婚は年は関係ないとはいえ、年齢が高くなるほど難しくなり、ある程度以上の年齢になると婚姻率はぐっと下がる。50歳の時点で結婚していない人の割合を生涯未婚率という。もちろん50歳を過ぎて結婚する人もいるが、まれなケースと考えられる。1970年には男性1・7%、女性3・

3％であった未婚率が、2015年には男性23・4％、女性14・1％まで増えている。男性の4人に1人、女性の7人に1人が生涯未婚ということになる。

これまた個人の自由であり、結婚しようが、独身を続けようが、他人がとやかくいう問題ではないと思うが、出生率はさらに低下するので、人口減少に及ぼす影響は大きい。また、高齢になって家族がいないことになると、家族による扶養をあてにできなくなり、介護や福祉政策が大きな問題となってくることを心配する人もいる。孤独死も増える可能性もある。

生涯未婚率の上昇は、個人の価値観の違いにより、結婚することに人生の意味を求めない人が増えたことが原因と考えればよいのだろうが、どうもそれだけではないようである。未婚の人に対するアンケートでは、男性の7割、女性の6割が交際相手がいないと答えたそうである。一方で男女とも未婚の人の9割近くがいずれは結婚したいと考えているという結果も出ている。価値観の問題以前に、適切な相手が見つからないことが、未婚の最も大きな原因なのかもしれない。

未婚の9割の人に結婚願望があること自体は、1980年以前の未婚率が低かった頃と変化はないそうである。私の推察では、交際相手のいない割合もあまり変わっていないのではないかと思う。むしろ昔の方が交際相手がいない率は高かったはずである。それではなぜ昔はみんな結婚できていたのかというと、見合い結婚という習慣があったからである。昭和の中頃までは日本では見合い結婚が普通であった。私の祖母や母親がよくお見合いの世話をしており、紹介希望の人が持参した見合い写真や釣書をのぞき見していたのを覚えている。なかなかの美人も多かった。お見合いで結婚して末長く幸せに暮らしている人もたくさん知っている。最近見合い結婚はめっきり減ったようである。自分の相手は自分で見つけたいという欧米の価値観が入ってきたことによるのだろうか。出会いの形式としてのお見合いは、最初から家庭環境の近い人を紹介されることが多いので、結婚してからも長続きすることが多いそうである。最近は結婚相談所やお見合いパーティーなどがその代わりの役目のようだが、いっそのこと見合いという形式が復活して一般化すればよいのではないかと思う。

ここからは少し時代を先走った話になるが、今までの結婚制度はともかくとして、法律はそろそろ変えてもよいのではないかと思っている。現在の結婚に関する法制度は、経済的な立場の弱い側を保護することが目的の一つである。一般的には女性を保護する意味合いが強かった。女性が働くようになり、経済的立場が強くなった今、婚姻に関する法律の見直しも必要であるように思う。

欧米ではすでに、結婚しても法的な手続きをしないケース、つまり日本でいう事実婚が増えている。国によって差があるが、30％から70％程度は事実婚といわれている。特に女性が高学歴の場合に事実婚が多いらしい。法律婚でないカップルから生まれた子供の割合も高く、アイスランドでは70％、フランスでは60％、他のヨーロッパの半数程度の国も45％以上が婚外子である。日本では婚外子の割合は２％で、欧米諸国にくらべて極めて低率である。これは嫡出子でないと、法的に相続などの子供としての権利が一部制限されていたことが理由と考えられる。現在では、法改正により非嫡出子も嫡出子と同様の権利が認められるようにはなったが、それにしても父親の認知が必要である。当然ながら欧米では嫡出子でなくても同じように権利が付与される。

まず結婚していないカップルの子供であっても、戸籍上の記載に差を付けないように法を改正すべきである。そもそも婚姻している時期に生まれた子供は、戸籍上の父親の子供とみなすという法律がおかしい。昔は実子かどうか確かめる方法がなかったので、混乱を避けるために制定された法律である。現在はＤＮＡ鑑定により確認できるようになっているので、法律の必然性は低くなっていると思う。同居している時期に生まれた子供はともかくとして、他の男性と同居しているときに妊娠した子供は、実際の相手を父親として登録すべきであろう。これは夫のDVが原因で家を出て、離婚する同意を得ることもできず、別の男性と暮らしている場合などが該当する。

結婚や離婚に関する法は大きく変えなくてもよいと思う。同居して実質は結婚状態にあるカップルが別れる場合、法的には届けを出していないので離婚もない。というより、別居すれば自動的に離婚となる。法的に結婚せずに同居するからには、お互いに自立しているはずであるから、別れに際しての補償は必要ないこともあるだろう。

法律に関してはともかくとして、問題は世間の風潮が事実婚や婚外子をどのくらい許容できるかということである。すぐに欧米なみとまではいかなくても、20～30％程度の結婚が婚姻届を出さない同居になれば、事実婚も珍しいものではなくなり、同居カップルが増えるように思う。そのカップルはいずれ届けを出して法的にも結婚とするか、ずっと事実婚のままか自由にすればよいが、いずれにしても多少は少子化の抑制になるかもしれない。

いったん婚姻届を出すと簡単には離婚はできないから、結婚を躊躇する人もいるかもしれない。結婚とは、ある意味では、お互いの自由を制限し行動を縛ることである。プロポーズで、「君を一生離さない」などと言われた日には、ますます引いてしまうこともあるだろう。一生涯束縛すると宣言するのと同じである。私の考えでは、「嫌になったらいつでも別れてあげるから結婚してください」の方が相手にプレッシャーを掛けずにすむ分よいと思うのだがどうだろうか。（ただし私は実行したことはない。間違いなく振られたはずである）

結婚制度の本質は、所属する集団の中で、ある特定の男女の同棲が周知されるということである。多くの場合祝福されるが、特に許可はいらないし、みんなが認める必要もない。ただし多くの社会では、神の前で誓い、その承認が必要である。神様に誓ったので簡単に別れることはできない。

現在の法律は神の代わりである。法律の最大の目的は簡単に別れることができないようにすることである。どうしても別れたければ、財産分与と、場合によっては慰謝料を支払わなければならない。どちらかといえば男性側が支払うケースが多かった。

女性の社会的地位が高くなり、経済的に十分自立できるようになった現代社会では、今までの法律は意味をなさなくなりつつある。その表れが先に述べた欧米の現状である。婚姻届を提出しての結婚という観点でみると、日本よりむしろ欧米の方が統計上は晩婚化が進んでいるが、これは若いうちからの事実婚、出産が多いことが原因の見かけ上の晩婚化である。実際には欧米の晩婚化はさほど深刻ではなく、フランスでは事実婚が出生率の上昇にも一役買っているようである。

何事も欧米のマネをするのがよいなどとは思わないが、結婚制度に関しては欧米に見習ってもよいのではないかと思っている。

高齢化問題

日本人の平均寿命に関する厚生労働省の調査結果が発表された。それによると２０１９年の男性の平均寿命は81・41歳、女性は87・45歳で、いずれも過去最高を更新した。男性は香港、スイスに次いで第３位、女性は香港に次いで第2位であった。

統計によると１９５０年の平均寿命は、男性60歳、女性63歳であったということなので、この70年間で20歳以上平均寿命が延びたことになる。１９８０年頃からは5年で1歳程度の延びで、これからは平均寿命の延びのペースはダウンしてくると思われるが、それでも２０６５年には現在よりさらに４歳以上平均寿命が延びると推計されている。

さらに90歳まで生きる確率は、女性が50％、男性が26％と計算されている。つまり男性の４分の1、女性の半分は90歳まで生きるわけである。

にもかかわらず、少子化の影響もあって全人口は減少傾向で、２０５０年頃には1億人を下回るだろうと予想されている。これから本格的に少子高齢化社会への突入である。今でもすでに高齢化は大きな社会問題となっているが、今後ますます切実になってくる。そのために解決しなければならない問題がいくつか考えられる。

第一にあげなければならないのは経済問題である。将来定年が70歳になったとしても、20年程度は生活できるだけの資金を準備しなくてはならない。多くの人は現在の年金額では普通の生活さえ困難であろう。昨年金融庁が、定年までに2000万円の貯蓄が必要であるという試算を示したが、果たしてこの金額で足りるのか。足りるとしても、これだけの金額を貯めることができる人がどれくらいいるのか。

受け取り年金額をこれ以上増やすのは難しそうである。となるとできるだけ引退を遅らせるしかない。75歳くらいまで働くことができれば何とかなるように思う。そのためには働く意欲の継続が必要であるが、その一助として在職老齢年金制度を廃止することを考えてもよいのではないかと思う。在職老齢年金制度とは、年金をもらう年齢になっても、働いて収入があると受給年金の一部もしくは全額を受け取れないという制度である。これでは働く意欲がなくなる。この制度のために、働くと受給する年金が減るから仕事を辞めて引退しようと考える人がでてくる。この制度を廃止すれば、年金受給年齢になっても仕事を辞めずに働き続ける人が増えるはずである。これによって個人の収入も確保され、税収も増えることになる。

二番目は介護の問題である。最近寿命の延びにともなって健康寿命も長くなったが、寿命と健康寿命の差、すなわち何らかの病気を抱えて不自由をする期間は長くなってきた。平均10年前後といわれている。死ぬ前に10年程度、なんらかの原因で日常生活が制限される状態が続くわけである。そのうち数年は要介護状態となり、誰かが介護しなくてはならない。この介護を誰が行うかという問題である。

今までは家族がその役割を担ってきた。国も２０００年には介護保険制度を導入し、家族の負担を軽減する施策をはじめたが、いまだに家族の介護負担は大きな問題であり、このままでは今後ますます深刻になると予想される。子供が介護のために仕事を辞める、家庭が崩壊するなどの事例もある。そこまでには至らなくても、過度の介護負担によって介護する側の生活に支障をきたすことも多い。経済活動の中心となる年代の疲弊による生産性の低下も無視できない。

国は、家族を介護の負担から解放すべきである。もちろん介護を続けたいという家族の希望を妨げるものではないが、基本的には国が責任を持って介護を行うべきである。せめて現在の北欧並みの社会保障レベルが欲しいところである。そのためには人的資源の投入、設備の充実が必要であると思う。簡単ではないことはよくわかっているが、なんとしても実現しなくてはならない。もしかしたらＡＩ＋ロボットの進化によって解決するかもしれない。

三番目は医療費の問題である。高齢になるほど病気を持つ割合は高くなり、医療資源の消費量も多くなる。現在でも国民総医療費の40％は65歳以上の高齢者のために使われている。今後ますますこの傾向は顕著となり、総医療費の上昇も続くと考えられる。

そろそろ手を打たないと、医療財政の破綻は目に見えている。どのような対策が有効だろうか。無駄な終末期医療を控えるくらいは誰でも思いつきそうである。しかしこれが実行されたとしても、とても医療費増加を十分に抑制することは難しい。抜本的な医療制度の改革が必要と考える。

現在の日本の医療システムは、国民皆保険制度、フリーアクセス、自由開業制によって特徴づけられる。患者側から見れば、いつでも希望する医療機関に低コストでかかることができる良い制度ではあるが、欠点は全体のコストが際限なく膨らむ可能性があることである。これは医療費が出来高払い、つまりかかった費用だけ請求できることも関係している。医師としては検査や治療をすればするほど収入が増えるので、どうしても過剰医療になりがちである。

それに対しイギリスは、病気になったらあらかじめ決めている主治医の診察を受け、必要に応じて専門医に紹介してもらうシステムである。主治医の収入は定額制で、何回患者をみても同じである。希望の病院に自由にアクセスできないという欠点があるが、総医療費は抑えることができる。この要素を取り入れることが必要かもしれない。またアメリカには皆保険制度はなく、個人的に民間の保険に加入し医療費に備える。保険料は高額なので個人の出費は増えるが、国としては医療費は少なくて済む。これを一部導入する考え方もあるかもしれない。私としてはこの三つの国、日本、イギリス、アメリカの制度を複合したシステムが良いと思っている。いずれにしても一朝一夕に変えるのは無理で、最低でも10年、20年レベルの期間が必要であろう。今すぐにでも着手すべきと考える。

四番目は孤独の問題である。これは今までの問題と違って、個人で解決すべきことであり、干渉しすぎると余計なお世話になりかねない。しかしながら孤独死も決して稀な事例ではなく、周囲にあたえる影響も甚大であることから、公共団体や自治会などによる関与も必要である。

三世代同居のサザエさん状態は遠い昔の話になってしまった。私の子供の頃はまだ祖父、祖母と一緒に暮らしていた。友達の家の多くも同じだったような記憶がある。その頃は孤独はなかった。一緒に暮らしていても、心の中は一人ということもありえるが、少なくとも孤独死はなかった。50年くらい前の話である。

現在三世代同居はほとんどない。せいぜい同じ敷地に住むか、二世帯住宅が精一杯である。普通は別の世帯を持つ。さらに結婚しない人が増えてきたこともあって、高齢になった頃には天涯孤独になる人も珍しくなくなった。

人間は社会的動物である。基本的には一人での生活は難しく、強がって単独で生きてゆこうとしても何らかの歪みが生じる。いかに高齢になっても、むしろ高齢になったからこそ社会的つながりが必要である。これは個人の問題なので、究極的には自分でなんとかするしかない。高齢になってからでは無理なので、若い頃から準備しなければならない。仕事以外に何かやりがいのある目標がいくつかあればよいのだが、これがなかなか難しい人も多い。いわゆる趣味ということになるが、これから高齢者の仲間入りをする昭和の団塊の世代は仕事一筋が美徳とされ、趣味を軽く見る傾向があった。このような人は、子供が家を出てゆき、妻は自分の交友関係があって放っておかれることになると、たちまちにして一人でいることの寂しさに直面することになる。万一妻に先立たれたりしたときは、孤独が現実の問題となる。

孤独を好む人もいるだろうし、他人がとやかくいう問題ではないかもしれないが、社会としても何らかの関与はあった方がよいとは思う。ただ孤独な人を一人一人癒やすことはできない相談である。仕事一筋をよしとする風潮をなくし、仕事以外の目標を持つことに価値を認める社会にしてゆくことが、今のところ何とか可能な精一杯の対策であろうか。

死ぬまでの何年かが身体的に不自由なことも辛いことではあるが、健康にもかかわらず何もすることがないのはもっと辛いかもしれない。

親の介護

親の介護が社会問題となりはじめたのは平成の時代になった頃だろうか。昭和の中頃までは、もちろん親の介護はあったが、あまり大きな問題となることはなかった。これには二つの理由が考えられる。

一つはその頃までは三世代同居が一般的で、介護のあるなしにかかわらず最後まで親と一緒に暮らすのが普通だったことである。もともと一緒に暮らしているので、介護が必要になったからといって生活形態が大きく変わるわけではない。介護するための人手も多かった。

二つめは今より認知症になる人の数が少なかったことである。認知症は85歳頃から急速に増えるが、昭和40年頃は今より平均寿命が10歳程度短く、認知症になる前に死亡する率が高かったことによる。認知症は要介護となる最大の原因である。

平成になった頃から、高齢になっても自分の生活の自由を重視するためか、子供との同居を望まない人が増えてきた。配偶者が亡くなって一人暮らしも珍しくない。子供の側からしても、配偶者の親とは血の繋がりはないわけで、他人との同居の煩わしさを避けたいという思いがある。三世代同居の家庭は極めて少なくなり、親の存在を日常において意識することもなくなった。

かくして親が認知症などで介護が必要となったとき、子供の生活が激変することになる。介護に際し一番負担が大きいのは認知症の介護であろう。脳血管障害後遺症の介護も体力的に負担は大きいが、認知症はそれに加えて介護者の精神的なストレスが問題となる。説明してもわかってもらえない、何度注意しても忘れてしまうなど、病気だから仕方がないと頭で理解はしていてもついイライラがつのる。しかも症状が進行すると目が離せない。

認知症の基本的な症状は記憶力、理解力の低下であるが、生活面からみるとまず公的な手続き、集団行動などの社会生活が難しくなる。この段階が軽度である。次に中等度は調理、掃除などの家事、金銭管理、内服管理が困難となった状態をいう。さらに重度になると、食事、排泄、入浴などの、基本的な日常生活動作ができなくなる。

軽度であれば時々訪問して見守る程度で済むが、中等度以上になると毎日何らかの援助が必要となる。場合によっては同居が必要となることもある。このあたりから介護者の負担が大きくなり、介護者自身の生活にも支障がでてくる。仕事を辞めて介護に専念するケースも珍しくない。こうなると自分の人生設計を一から見直さなければならない。家族にも多大な影響を及ぼす。

私は、このような状況になった場合、子供は親の介護を直接すべきではないと思っている。配偶者間であれば最後まで介護するのは悪くないが、子供は適当なところで手を引く方がよいと思う。親不孝者と言われそうだが、本音では同じ考えの人も多いと思う。それではなぜ多くの人は親の介護をすべきと思っているのか。自分の手で介護しないことに罪悪感があるのか。

動物全体でみると、いわゆる「親孝行」という概念を持っているのは人間だけのようである。それは人間以外の動物の場合、親を大切にしても子孫の繁栄には直接繋がらないからである。進化論的にいうと、子供を保護しない種は存続できないが、自分が独立できたのちに親はいなくても種の存続には関係ない。むしろ生きていくためのエネルギーを親のために負担することは、種の存続には不利である。子供が独り立ちしたら、本能的に親子は一緒に行動しなくなる。

人間は社会性を持つ動物であり、集団の存続のために上下世代との共栄が必要であった。すべての世代を大切にする集団の方が存続する可能性が高かったということである。だとすれば親孝行は他の動物と違って、人間だけが持つ本能であるという考えも成り立つ。

一方で親孝行は本能ではなく、文化、宗教、教育によって作られた虚構であるとする考えもある。いわゆる道徳、倫理といわれるものである。

それ以外の考え方としては、血縁とは関連がなく、長く一緒に暮らしていた場合に湧いてくる愛着感、親密感による行動であるという解釈も可能である。また子供の頃に育ててもらった恩返しという側面もある。

私はどちらかというと親孝行は人間の動物としての本能ではないような気がしている。本能という面も一部あるにしても、大部分は長い人間の文化の中で形成された道徳観、倫理観に依拠するのだろうと考えている。

道徳、倫理は、時代や民族によっても変わる人間の恣意的な規定であるから、必ずしもこれに縛り付けられる必要はない。

ただこれは親を大切にしなくてよいと言っているわけではない。もちろん大切にすべきだが、何らかの事情により自分の手で介護できないとき、罪悪感を持つ必要はないということである。また自分の心の中に、できることなら誰か他の人に任せてしまいたいという本音を見た場合でも、人として恥ずべきであるなどと思う必要はないということである。

基本的には親の介護は他人に任せた方がよいと思う。一人で生活できなくなったら早めに施設に入って貰えばよい。これは決して介護を放棄したことにはならない。みんなで定期的に会いにゆけばよいし、時には自宅に連れ帰って一緒に過ごす時間を作ることもできる。ある程度距離を置いた介護と考えればよい。

身内の介護は通常無償である。無償の労働は負担が軽いうちはよいが、限度を超えると疲弊する。さらに長期間にわたって先が見えなくなると、精神的に不安定となり、自分自身の生活にも支障をきたしはじめる。時に感情を抑えきれず、親に強く当たってしまいかねない。これは親としても望むことではないはずである。

対価としての報酬を得て行う他人の介護であれば話はだいぶ違ってくる。現在の介護報酬は低すぎるという問題はあるにせよ、仕事としての介護であるから、身内を介護するときのような精神的なストレスはない。労働時間内だけであるから体力的にも許容範囲であろう。

このように介護は施設で他人に任せるのがベストだが、実はこのとき一番ネックとなるのは経済的問題である。10万円以下の費用で入居できる公的な施設は1〜2年待ちである。民間の介護施設である高齢者住宅であれば月に20万円以上の費用がかかる。本人の年金だけで賄えれば問題ないが、7万円の国民年金では到底足りない。その差額は子供が援助することになるが、負担できなければ結局自分で介護せざるを得ない。

経済的問題の解決は難しいが、究極的には国の介護福祉政策を待つしかないであろう。介護問題はこれからますます切実になってくる。国の最優先課題ともいえる。せめて北欧なみの福祉の充実を期待する。

年金制度

２０２０年の通常国会で年金制度改定の法案が可決された。抜本的な改革ではなく、支給開始年齢に関するマイナーチェンジである。現在支給開始年齢は基本的には65歳で、希望すれば60歳から70歳まで自由に選べることになっている。ただし60歳から受け取ると、生涯にわたり65歳で受け取る基準金額と比較して30％少なくなる。逆に受け取りを70歳まで遅らせると基準金額の42％増になる。これは一生涯にわたって毎月同じ額なので、受け取る年齢を遅くすれば、長生きすればするほど合計でもらう金額は多くなる。計算によると、65歳で受け取りを開始する場合と、70歳で開始する場合の合計の金額が同じになる分岐点は81歳である。つまり81歳以上生きれば、70歳から受け取りを開始する選択に分があることになる。

今回の改定はこの年齢が75歳まで延長された。施行は２０２２年4月であるが、そうなると60歳から75歳まで受け取り開始年齢が広がる。ちなみに75歳から受け取り開始すると、合計受取額の分岐点は87歳になる。年金も高額なほど介護保険料や健康保険料などで差し引かれる額は高くなるので、これらを差し引くと分岐点は91歳くらいになるらしい。

　さてここで問題は、何歳から受け取りを開始するのがベストなのかということである。まず合計金額の損得勘定だけで考えてみる。男性の65歳の平均余命は19年で、84歳まで生きることになる。この年まで生きるとすれば、72歳でもらい始めると合計金額が最大となる。ただしこれはその時点で仕事を辞めた場合で、仕事を続けて一定額以上の収入があると受給年金額から差し引かれることがあるので、もう少し遅らせる場合がよいこともある。個別に計算が必要である。いずれにしても、とりあえず生活に困らないだけの収入が確保できるのであれば、受給を数年遅らせる方が合計としてはたくさんもらえる可能性が高い。

　ただしこれはあくまで平均の話であって、個別には平均余命より早く亡くなる人も多い。年金を受給できるのは生存中なので、早く死んだ場合はもらえる合計金額は少なくなる可能性もある。さらにお金の時間価値と割引率の問題がある。この数値はインフレ率や政策金利によって違ってくるが、要するに金額が同じであれば、将来もらうより現在もらう方が価値が高いということである。割引率によっては10年後の１２０万円よりも現在の１００万円の方が価値が高いこともありえる。今の１００万円と10年後の１２０万円のどちらを選ぶかと聞かれたら、現在の１００万円を選ぶ人もかなりいるはずである。そうなると合計は少なくなったとしても、貰えるものはさっさと貰っておこうと考える人も多いと思う。

こういうことをいろいろ考えるとどうしてよいか迷ってしまうが、年金の受給開始時期を決めることに際し、合計金額の損得だけでなく、もっと本質的な視点で考えるべきことがある。

それは年金の意味、目的のとらえ方である。つまり貯蓄と考えているのか、保険と考えているのかということである。貯蓄は積立金といい換えた方がよいかもしれない。もちろん現在の仕組みは積立金方式ではないが、感覚的には自分の払い込んだお金を受け取るという積立金ととらえている人も多いと思う。

ほとんどの人は両方の要素を意識していると思うが、人によって比重のかけかたは違う。積立金と考える人は払った金額はできるだけ取り戻そうと思うはずである。保険料として払い込んだ合計より受け取り年金の方が多ければ得をしたと感じる。万一早死にしたときに元が取れない不安から、受給開始を早める傾向があるだろう。

私はどちらかというと、年金は保険ととらえている。何の保険かというと、長生きした場合の保険である。早く死んでよいわけではないが、それはそれで仕方がない。もし長生きをして、お金がなかったら最悪である。そのときの保険が年金である。一般に保険金は貰わない方がよい。死亡保険にしても、交通事故の保険にしても、支払う保険料が無駄になる方がよいことは明らかである。せっかく払ったのだから死んで保険金をもらった方がよいと考える人はいない。傷害保険をかけているのだから事故を起こしてもかまわないと考える人もいないはずである。

年金も同じで、保険ととらえている人は必要となるまでもらわない方がよいと考えるので、受給年齢を遅らせる傾向がある。一生もらわずにすめば最良である。これは死ぬまで十分な所得がある場合である。もちろん年金が必要な状況になれば遠慮なくもらう。ただし以上の話は収入に余裕がある場合である。例えば65歳で定年になって、その後仕事につかない場合は年金に頼らざるをえない。そのときは迷うことなくすぐに貰えばよい。お金が足りなくて不自由してまで、受給時期を延ばす意味はない。

しかし長期にわたって年金だけで生活するのは難しいので、対策は準備しておく必要がある。金融庁の試算で、２０００万円たりなくなると発表され問題となったことは記憶に新しい。２０００万円の貯蓄があるのならそれを少しずつ取り崩して生活費とし、受給を延ばす方法もありえる。

実際に受給年齢を遅らせる人は２％程度らしい。98％の人が65歳までに受給しているということは、ほとんどの人は年金を貯蓄（積立金）と考えているか、経済的に余裕がないかのいずれかであろうが、もしかしたらそれらの人の中には間違った選択をしている場合もあるかもしれない。受給を決める前にちょっと立ち止まって再考してもよいかと思う。

私は受給はできるだけ先延ばししようと思っている。それまでに死ねば、一生年金をもらわずにすんで喜ばしいことと考えればよい。一定以上の収入がある場合年金額が減額されることもその理由であるが、何よりも年金は保険と考えるべきであるという信条があるからである。

年金を積み立て方式にすべきという意見があるが、私は支払う保険料と、受け取る年金の関連は切り離して保険方式にすべきと思う。支払う保険料は税金と同様に考えるべきであり、年金原資が足りなくなれば税金で補填すればよい。

将来的には社会保障システムは大きく変わると思う。現在は年金と生活保護制度が社会保障制度の柱である。私は、将来はベーシックインカムを社会保障制度の中心に据えるべきであろうと考える。それまでは現行の年金制度を最大限に効率よく利用して、老後の生活設計を立てる心構えが大切と思う。

国政選挙

日本では、戦後70年の間に衆参あわせて50回の国政選挙があった。これは世界的にみてかなり多く、欧米先進国の倍近い回数らしい。

これら選挙のたびに、選挙で投票するのは国民の義務であるから、投票には必ず行くべきであるとよくいわれる。しかしこれはおかしな主張である。選挙は国民の権利であって、義務ではないからである。何らかの理由で投票したくなければ選挙に行く必要はまったくない。それで非難されるいわれもなければ、負い目を感じることもない。むしろ政策も理解しておらず、よくわからないのに選挙に行くことこそ控えるべきである。２０１８年に選挙権者の年齢が20歳から18歳に引き下げられたとき、投票に行けば飲食店などでお得なサービスを受けることができるという企画があった。投票率を上げるための策のつもりだろうが、選挙の意義を揺るがすとんでもない愚行である。

現代の民主主義先進国では、国政選挙の投票率は50～80％程度という統計がある。法律で投票義務を課している国もあり、罰則を設けている国の投票率は90％を超えている。例えばオーストラリアでは法律で投票が義務化されており、違反した場合は少なからぬ罰金が課されるので、投票率は95％前後あるらしい。イタリアでは投票は義務化されているが、罰則がないので投票率は日本と同程度である。オーストラリアの政策は、先に述べた、投票に行けば飲食店での特別なサービスを受けられることの裏返しである。かたやサービス欲しさに選挙に行って適当に投票することであるのに対し、一方は、罰則が嫌なので選挙に行って適当な人に投票するわけである。このようにすると、さしたる考えもなく適当に投票する人の割合が一定数でることが予測される。とてもまともな先進国のすることではないように思う。

スウェーデンでは法律で投票義務を定めていないにかかわらず、投票率は85％程度あるそうである。この国では選挙権が与えられる前の高校生の頃から、政治に関する議論を行う授業が積極的に取り入れられている。また家族の中でも政治について話し合う習慣が根付いているらしく、成人してからも政治に関心を持って、自分の意見をしっかりと主張できる人が多いといわれている。これが高い投票率につながっているとすれば、これこそ日本が大いに見習うべきことと思う。

選挙権を行使する場合、どのような心構えで選挙に臨むべきか。まず投票したいと思う人がいない、考えがまとまらない、投票に行きたくないと思ったときは、無理に投票する必要はない。というよりも選挙に行ってはいけない。考えもなく適当な投票は避けるべきである。

よく考えて、選挙に行こうと考えたときは、自分にとって都合の良い人、自分と同じような意見、価値観を持っている人に投票しなければならない。これはあたりまえの話であるといわれそうだが、どういうことかというと、間違っても、世の中をよくしてくれそうな人や、お金に対してクリーンな人や、品行方正であるから、などという基準で選んではならないという意味である。自分と考えは違うが、社会のためになる人だからという理由で選ぶべきではないということである。そのような基準や理由で選ぶ人が多くなると、選ばれた代表集団の意見、主張が、国民の意見、主張の分布と一致しなくなり、集団全体の意向を反映しなくなる。そうなると世論と政策が一致せず、国民からの不満が出ることになる。国の政策が国民の意向を反映しなくなる恐れがある。

自分と同じ意見や主義、主張の人を選ぶためには、ふだんから自分の考え方を自覚して理解しておく必要がある。必ずしも政治に興味を持つ必要はないが、経済、法律、司法、国防、教育などの問題に関する自分なりの主張を、いつでも論理立てて発信できるようにしておかねばならない。特に経済システムに関して、自分が支持する立場、イデオロギーをはっきりさせておくことは大切である。他人に対してではなく、自分の中ではっきりしておけばよい。

そのためには、ふだんから勉強して知識を蓄えておくことが大切である。知識なくしては知恵も主張も出ない。いろいろな人の主張や意見、思想に触れる中で、自分自身の意見を形作ればよい。それがある程度確固としたものになれば、その人の哲学ということになる。そして新しい知見を取り入れるごとに少しずつ修正してゆけばよい。人生経験を重ねることにより考え方も変わるはずである。一度決めたことに固執する必要はない。むしろ変わる方が普通である。いずれにしても、その時点の自分の主張を基準にして、それに合致する候補者を選択すればよい。

候補者の主張を知ることは容易である。最近はインターネットを利用してすぐに調べることもできるようになった。公約が載っている。政治家は主義主張や公約をあまり変えない人が多い。時代や状況の変化によって変わってしかるべきと思うが、変えるとそれまでの主張が間違っていたのではないかと言われるのが嫌なのだろうか。

最も主義を変えないのは共産党である。党名も戦前から変わっていない。党名が長期に変わっていないのは、共産党以外には自民党と公明党だけである。自民党はそれでも時代の要請に合わせて主張を変えることもあるが、共産党はまったくぶれない。本気で政権を取ろうと思うなら、ある程度は世論に合わせる柔軟性も必要と思うが、それがない。最初から政権奪取は諦めているようにも見える。自民党の場合は、そのときの社会の状況によって公約も変わるので、しっかり話を聞いてからでないと投票できない。共産党支持者は、主義主張がぶれない分だけ投票が簡単かもしれない。

選挙は民主主義の根幹であり、その重要性はいうまでもない。すべての国民が等しく投票の権利を持つ。この権利を行使しないのは誠に勿体ない話である。必ずしも毎回選挙にいかなければならないわけではないが、常に関心を持って、いつでも一票の権利を正しく使えるように準備しておかねばならない。

あとがき

ようやく1年前に、それまで使っていた携帯電話をスマートフォンに切り替えた。スマートフォンの利便性はもちろん知っていたし、この手の機器が苦手なわけではないが、長い間替えなかったのは、携帯電話は話をする機能だけと割り切り、メールやインターネットはパソコンを利用する方が便利だと思っていたからである。仕事場にも自宅にも、すぐに利用できるパソコンが身近にあったことも、スマートフォンを必要としなかった理由である。

携帯電話会社の意図のままに、簡単に流行に乗りたくないという意地もあった。

それでもスマートフォンに替えたのは、用事のあるときにも直接電話で話さず、メールで連絡するのが普通となってきたからである。電話をすると、よほどの急用かと間違われるような風潮になってきた。もちろん今までの携帯電話機でもメールができないわけではないが、やや不便なのでやむなくスマートフォンに替えた次第である。

しかし使ってみると、思いのほか便利であった。メールの利用はスマートフォンとパソコンを併用している。最初は文字の入力に手間取ったが、練習用のソフトを入れて練習を重ねたところ、1分間に120文字くらい入力できるようになった。パソコンのキーボードにくらべれば遅いとはいえ、手書きよりはるかに速い。

　文字入力が速くなると、電話やメール以外にも何か使いたいと考えるようになった。いろいろ考えたすえ、エッセイを書くことにした。

　今まではパソコンのワープロを使っていたが、スマートフォンを使ってみると大変便利なことに気づいた。いつでもどこでも書けるのである。いつも身につけているので、5分くらいの空いた時間があれば10行くらいは書ける。文章を思いついたときもすぐに書き留めておける。今までは良いアイデアを思いついてあとで書こうとしても、忘れてしまって二度と思い出せないことも多かった。

　毎日1000字前後をノルマにして、3日に1本のペースでエッセイを書いた。これを10か月続けて100本になったところで、その中から30本前後を選んで出版することにした。

　発表するエッセイを選ぶにあたり、自分では良いと思っても、客観的にみると評価に堪えない内容であることが心配であった。そこで誰かに読んでもらい、評価をしてもらえればと考えたが、一編3000字あるエッセイを100本読んでくださいなどと厚かましいことをお願いできる人がそうそういるわけはない。妻に相談したところ、妻の姉が適任ではないかと推薦してくれた。私も何度かお会いしたことがあるが、とても頭の良い女性で、読書も好きということである。引き受けてくだされればこれ以上の人はいない。妻が「頼んであげる」と気楽にいうので、任せることにした。快く了承してくださり、原稿を送って3週間ほどして評価が届いた。もちろん妻も全部読んでコメントしてくれた。これらを大いに参考にさせてもらって、ようやく32編を選ぶことができ、出版にいたった次第である。

原稿を読んでアドバイスをくださった義姉の畑中亜子氏、出版に際し惜しみない助力を提供してくれた妻の由香に心から感謝いたします。

藤原　敬（ふじわら・たかし）

1977年、岡山大学医学部卒業。脳神経外科を専攻し、香川医科大学講師、呉共済病院診療科長を経て、2003年に藤原脳神経外科クリニックを開設する。1984年から2年間、アメリカ合衆国マサチューセッツ州立大学脳神経外科に研究留学。
呉市音楽家協会会長、広島ペンクラブ会員、日本棋院呉支部副支部長。
著書に『クラシック音楽　持論・抗論・極論』がある。

わたしはリバタリアン　～軽やかに生きる～

2021年10月26日　第1刷発行

著　者　藤原　敬
発行人　大杉　剛
発行所　株式会社 風詠社
〒553-0001　大阪市福島区海老江5-2-2
大拓ビル5-7階
TEL 06（6136）8657　https://fueisha.com/
発売元　株式会社 星雲社
（共同出版社・流通責任出版社）
〒112-0005　東京都文京区水道1-3-30
TEL 03（3868）3275
装幀　2 DAY
印刷・製本　シナノ印刷株式会社
©Takashi Fujiwara 2021, Printed in Japan.
ISBN978-4-434-29618-5 C0095

乱丁・落丁本は風詠社宛にお送りください。お取り替えいたします。